이만선생貳萬先生 아파트 시집

이만선생貳萬先生 아파트 시집

발행일   2023년 4월 21일

지은이   정인규
펴낸이   손형국
펴낸곳   (주)북랩
편집인   선일영   편집   정두철, 배진용, 윤용민, 김부경, 김다빈
디자인   이현수, 김민하, 김영주, 안유경, 최성경   제작   박기성, 황동현, 구성우, 배상진
마케팅   김회란, 박진관
출판등록 2004. 12. 1(제2012-000051호)
주소   서울특별시 금천구 가산디지털 1로 168, 우림라이온스밸리 B동 B113~114호, C동 B101호
홈페이지 www.book.co.kr
전화번호 (02)2026-5777   팩스   (02)2026-5747

ISBN   979-11-6836-826-2 03810 (종이책)   979-11-6836-827-9 05810 (전자책)

(주)북랩 성공출판의 파트너

북랩 홈페이지와 패밀리 사이트에서 다양한 출판 솔루션을 만나 보세요!

홈페이지 book.co.kr   •   **블로그** blog.naver.com/essaybook   •   **출판문의** book@book.co.kr

작가 연락처 문의 ▸ ask.book.co.kr

작가 연락처는 개인정보이므로 북랩에서 알려드릴 수 없습니다.

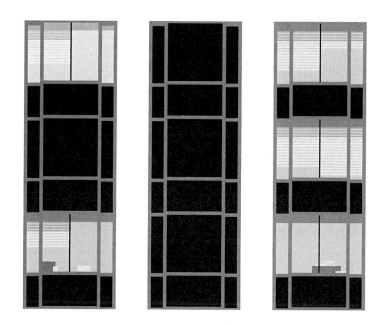

이만선생貳萬先生
아파트 시집

정인규 지음

북랩

이제는 사직을 고할 때

인생을 길게 잡아서 팔십 평생이라 본다면
2년이란 세월은 그리 짧은 시간이 아니다
그동안 으르렁거리면서 티격태격해 대면서
대원들과 같이한 생활을 이제 마감하려 한다네
조금은 섭섭도 할 거고
또 한편으로는 지긋지긋한 생활에서의
해방으로 날아갈 듯 기쁘리라
경비 일은 주변인에게 빌어먹더라도 말리라는 명언이 있다네
경비 서면서 힘들고 험했던 일들
이제 추억으로 돌리려고 한다네
이제껏 이만선생貳萬先生 수고했노라
열심히 살았노라
미련 없이…
뒤도 돌아보지 말고 그냥 말없이 가거라

광막한 황야로…

인내忍耐는 쓰다

그러나

그 열매는 달다

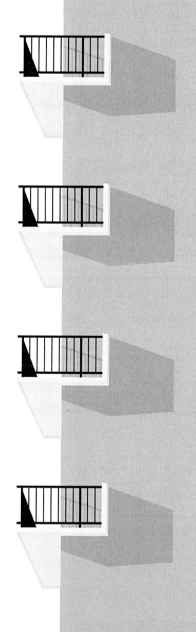

목차

별사람 없더라

101동 전출세대 버리는 물건 산을 이뤘네
경비실 반장 전화 와서 받아 보니
버리는 물건 너무 많이 나와 있으니 농막에 갖다 놓을 것
있나 물어보는지라 반장 잠시 내려와 있으라 하고
올라갔더니 큰 차에도 못 실을 폐기물이 인도를 덮었구나
두서너 개 울타리에 숨기고
경비실에 갖다 놓을까 하다가
누가 이걸 가져가겠나 싶어 놓아두고
그러는 사이 맞은편에서 벤츠가 한 대 서더니
입주민 내리면서 이게 뭐냐고 하면서 물어서
잠시 뒤 업체가 가져갈 거라 이야기하고
주변이 지저분하다고 나무랄 줄 알았더니
의자하고 쓸 만한 것 나오던데 가져가려고 왔다나
잠시 사이 쓸 만한 물건 바리바리 사라지고
저녁 시간 숨겨놓은 물건 잘 있나 확인하니
아이고 무서워라 행방불명되었구나
울타리 쪽에 놓아둔 물건 누군가 필요해서
그랬나 보다 하면서 놓아두고 가면 될 것을

주변까지 뒤져보면서 가져가 버렸네
이렇듯 자기 것이 되려면 처음부터 잘 챙길걸
오늘 한 수 배웠구나
이렇듯 우리네 인생 남들 앞에선 고고한 척해도
툭 까놓고 보면 별사람 없더라

세콤센터 폭파사건

관리실 직원 서너 명이 벽면 청소한답시고
경비실에 전기 빼서 고압분사기로 쏘아대는구나
잠시 뒤 펑 하면서 센터 모니터 차단기 모두 멈춰버렸네
모든 게 깜깜이에 다른 초소 상황 알 리 없고
차단기 작동 안 되니 한 입주세대 관리실로 전화해서
게거품을 물었다네
바로 과장 전화 와서 왜 경비원들은 경비실에만 않아서
대처 안 하느냐고 나무란다
혼자 근무에 필요한 조치 다 취하고 일하건만
그런 분류 전화 오면 자초지종도 안 물어보고 경비만 잡는구나
잠시 후 소장까지 내려와서 자초지종을 물어보는지라
관리실 직원 청소한다고 고압분사기 콘센트에 꽂아
과부하가 걸려 터졌다고 설명하고 모든 게 깜깜이인데
상황이 이렇다고 설명하니 미안한지
그냥 올라간다
한 시간 정도 지나 각종 모니터 제자리 찾고
메인 컴퓨터 멈춰서 과장에게 전화해 내려와 보게 하니
자기도 원인을 못 찾고 업체에 전화해 이야기하네

그러면서 업체 오면 그냥 차단기 내려갔다고 이야기해 달라네

경비 왈 아이고 알겠습니다

툭 하면 담부랑 호박 떨어지는 소리지요 하면서

웃으니 자기도 웃는다네

업체 팀장 와서 실랑이 쳐도 못 찾고

서브 자체가 나갔다 하면서

내일 교체하러 온다면서 가버린다네

전력이 많이 소모되면 다른 독립된 콘센트에 꽂아 사용할 것을

자기들 부주의로 경비원만 욕 먹구나

이래도 힘들고 저래도 힘든 세상이다

개인의 품격

아침 일찍 큰 사다리차가 들어와서
오늘 이사도 없고 해서
나가서 몇 동 몇 호에 가느냐고 물으니
인테리어 공사 차량인데 공사 관계로 왔다 해서
친절하게 열어줬더니 조장 결재서류 올리고
내려오면서 차량 이동 요청하니 말싸움이 붙었다네
바로 앞이라 올라가서 왜 이리 고함 소리가 크노 하면서
자기 갈 곳은 101동 저 밑에 대 하면서
당연히 조장이 할 말 했거니만 경비원 하찮게 보고
이러지 마시라 일침하고 수습했다네
머리도 희고 해서 대우를 해줬더니만…
그러면서 일 안 하고 가니 어쩌니 저쩌니 하면서 화를 내어서
그것은 당신이 알아서 하시고 하고 마무리 지었다네
화나서 바위 찬다고 자기 품격은 자기가 올리는 거지
남이 대신해 주지 않는 법
모두 다 힘든 일 한다고 생각해서 배려해줘도
자기 그릇을 못 챙기는 인생이 서글퍼지네
이런 행동을 하니 같은 업종에 종사하는 사람까지도

다 같이 싸잡아 욕을 잡숫는다네…
오늘 아침부터 인생 교육을 시키는구나

무얼 위해 사는가?

어제는 시골에서 열심히 노력한 대가로

오이 몇 개 고추 몇 개 따고

잠 못 자고 내려가서 일하고 엄마와 실랑이하고

점심때는 장인어른 장모님 모시고 오랜만에 식사하고 올라온다

돈 몇 푼 주면 사서 먹을 것 이렇게 고생하고

비생산적인 일에 몰입한다

뒷날 또 출근해서 매일 하는 일 되풀이되고

퇴근해 조금 쉬고 결혼식 갔다가 저녁 시간에는

친구 내외 만나서 술 한잔하고…

또 되풀이되고…

다람쥐 쳇바퀴 돌듯 반복된다

이게 인생이라 치부하지만

늘 반복되는 일상에 어떤 때엔 진절머리가 날 때도 있다

그래도 또 눈뜨면 나가고 일상으로 돌아간다

이게 인생이다

좋게 생각하면 한없이 좋고

이게 지겹다 생각하면 또 한없이 서글퍼진다

내게 행복을 주는 사람 그 어디에도 없고

내가 짊어지고 가야 할 삶의 무게는 너무 커구나
오늘도 나는 창 너머 상가를 지나다니는
뭇사람들을 응시하면서 하염없이 앉아서
전방을 주시하고
두어 시간 후 퇴근 시간만 머리에 맴돈다
집에 가본들 또 되풀이되는 이 삶을…
과연 우리는 어디로 가고 있는 걸까
끝이 없는 길이다

인수인계

아침 출근하니 인수인계 사항이
상가 방문, 시간 경과, 잠시 방문 차량은 강력 스티커 부착!
동 호수 방문증은 입주민 대우로 해주고
고급차는 전화하라는 인수인계 사항
조변석개하는 업무지령 시도 때도 없이 바뀌니
이놈의 경비업무 헷갈려서 못 하겠네
어제 아침 강력단속!
오늘 오후 입주민 강력 반발하니
하루도 안 돼 깨갱하네…
몇 안 되는 동대표놈들 단속 안 한다 지껄이면
관리소장 바로 강력조치 하명지시 내려오고
어떤 머리에 혹 달린 입주민 찾아와서 차량 스티커 떼라고
난리 치고 게거품 물고 경비원에 윽박지르는 일은
일상이 되어 헛웃음만 나오네
관리비 조금 많이 내고 조금 작게 내고는 있지만
같은 입주민인데도 차종으로 차별을 하는구나
이게 이쪽 어른들의 사고방식이고 하루 일과라네
위엄있게 대처할지어다

멀쩡한 정신 가지고 사는 것도 복이다

꼭두새벽 J반장 재활용품장 정리하고 있으니
멀쩡하게 생긴 아주머니 찾아와서 하는 말
왜 미화원 아줌마 있는데
경비원 아저씨 할 일도 많은데 이런 일 하냐고 나무란다
아저씨들은 도로에 주차되어 있는 차량 단속은 안 한다고
화를 낸다
사모님 주차공간이 부족하다 보니 저녁 시간 이렇게 도로에
선까지 그어서 주차하고 있지 않냐 하니
듣고 있던 아줌마 왈 그러면 관리소에서 일을
잘못하고 있네 하면서 유유히 사라진다
정말이지 이 일은 경비원 일이 아닌데
너무 정당한 걸 지적해주고 가시네
자기가 살고 있는 동안 앞으로도 계속 그렇게 해야 될 상황을
이렇게 이야기하고
나무라는 입주세대 정말 훌륭하도다
정신 똑바로 차리고 살자

경비실의 적막

새벽에 택시가 한 대 정차하더니
술에 만취한 입주민이 비틀거리면 내리더니
경비실 창에 기대선다
숨도 안 쉰 채 지켜보니 잠시 뒤 분수대 벽돌 위에
신발 벗어놓고 자리 펼치네 밑에는 물이 있고
잠시 후 코 고는 소리에 적막을 깨운다
아무리 묻고 얼리고 달래도 묵묵부답이고
경찰에 신고하려니 뒤가 두렵고…
한 시간이 흘러간다 그를 즈음 인기척이 나서
나가 보니 부인이 휴대폰 추적으로 남편을 찾아가면서
다음에 여기로 연락하시라고 동 호수를 가르쳐주면서 인사한다
우연의 일치일가 지난여름에도 이런 일이 내 근무시간에
발생했고 아이고 부인분 훌륭해라 어쩔꼬…
이러면서 지나간 이내 인생도 한번 생각하고 반성한다
새벽 네 시를 달리는 이 시간
적막한 밤하늘엔 초승달만 외로이 창가를 비추고
편의점 앞 두 남자 술 마시면서 하는 이야기만 간간이 들려온다
이런 참담한 현실 앞에서

누군가 문을 열며서 얼굴은 안 보이고 인사하면서 만능키를
가져간다 야쿠르트 아줌마다
이게 우리가 살아가는 방식이고
이렇게 세상은 흔들림 없이 각자도생의 방법으로 살아간다

인생 별거 있더냐

- 임인년 유월 새벽에

생활계획표

옛날 초등학교 시절 생활계획표 작성은
왜 그리 많이 했을까
큰 접시 냄비뚜껑 도화지에 뒤집어 놓고 큰 원을 그린다
지키지도 못할 공부시간 크게 표시하고
정해진 시간 시간표대로 단 하루라도 실천했던가
이렇게 생활계획표 작성은
매년 학년 올라갈 때마다 선생님이 숙제를 주고
우리는 지키지도 못할 약속을
머리에서 짜낸다
공부시간은 많이도 넣었지
그때 그 시절 생활계획표대로 공부했더라면
이 인간은 지금쯤 어떤 삶을 살고 있을까
농림수산부 차관 정도!
반추해 보면서 입가에 살짝 미소를 머금는다
인생 육십에 와서 생활계획표 작성은 안 해도
정확하게 정해진 하루일과 분 초 단위로 임무수행 하고
퇴근하면 집에서도 하루 일과가 머릿속에
다 들어앉아 있다네

이제 후회한들 무슨 소용이 있으면
상처만 남겨둔 지나간 시간들이
추억 같은 불빛만 남겨둔 채 저물어 가는 우리들 인생!
벌겋게 지는 저녁노을처럼 붉게 타리라

정말 무정한 세월이여!

1960년대생

젊은 세대들이여 이걸 아는가
우리 세대가 지게를 진 마지막 세대라는 것을
지역 사는 환경에 따라 조금 차이는 있겠지만
우린 지게 지고 나무하러 다닌 마지막 세대란 걸
70~80년대 아버지들은 먼 산으로
리어카 끌고 지게에 도시락 매달고 반찬은 달랑 김치 하나에
10여 리나 되는 먼 거리를 나무하러 다녔지
오전에 한 짐
오후에 한 짐
리어카에 턱 실으면 사람은 보이지 않고
나뭇짐은 왜 이리 크던지
작은 집이 한 채 걸어오는 느낌이었지
어린 우리는 마중 나가 한참을 기다리다 뒤에서 밀고 했던 추억
그러면서 공터에 나무를 재고
이마에 땀을 닦으면서 흐뭇하게 웃는 모습이 지금도 아련거리네
그 나무로 겨우내 부엌 가마솥에 밥 짓고
작은방 소죽솥에 소여물 끓이고
온돌방은 따끈따끈 지글지글 몸을 녹여다오

24

이제는 그 아버지들은 거의 다 돌아가시고…
그곳에선 편히들 쉬고 계시겠지요
정말 수고 많았습니다
우리들의 아버지시여!

월급봉투

한 달을 꼬박 일하고 받는 누런 월급봉투
흰색 봉투보다 누런 봉투가 월급봉투로 더 어울렸지
얇은 봉투 속에 얼마나 많은 애환과 우여곡절이
숨어 있었던가
몇 푼 안 되는 그 월급으로 청약저축 빠져나가면 반동가리
시장가면 단골 메뉴는 콩나물에 두부… 조그만 깡치 새끼
힘들게 살아온 나의 마누라의 삶!
그러다 1980년대에 와서
누런 월급봉투는 전설 속으로 사라지고
통장으로 바로 꽂혔지
그래도 몇 푼 안 되는 월급이라도
봉투를 가져가면 어깨에 힘이 들어가 있었고
돼지고기에 소주도 한잔 걸쳤지
통장으로 입금되면서 조금은 상실감 허전함도 있었지만…
직장 동료들과 〈왔다 꼼장어집〉에서 외상 달아놓고 술 마시고
월급날이 다가오면 돈을 각출해서
외상값 갚으러 가서 허리띠 풀어 젖히고 술 마시던
한 많은 추억들이여

월급봉투 노란봉투 다 뜯어 바치고로 시작되는 노래도
개사해 부르고 했던 잊지 못할 그때 그 시절
요즘 시절이 하도 어려운 세상이다 보니
환갑 넘어 월급받는 이내 인생에게 자화자찬하면서
또 하루를 보낸다
그리운 그때 누런색 월급봉투여!

상갓집 풍경

1970년대까지만 해도
환갑 넘기기 어려운 세월이었지
환갑 넘어 돌아가시면 호상이라는 말도 했었지
그때는, 40~50대에도 많은 사람들이 삶을 마감했지요
그 시절 저승사자는 많이 부지런했나 보다
동네 산어귀 장지에서
큰 가마솥 걸어놓고 비계 묻은 돼지고기 듬성듬성 썰어 넣고
큼직하게 파 콩나물 무도 한껏 썰어 넣고 장작불로 끓이면
비계 묻은 돼지고기는 동동 뜨고
새끼 한 그릇 얻어 먹이려고 일찍 오라는 엄마 말에
가서 한 그릇 배 터지게 먹곤 했지
혹 부잣집에 초상이 나는 날이면 쇠고깃국
한 그릇 챙겨 먹이려고 신신당부하고…
주변 눈치 보면서 한 그릇 떠주던 우리들 엄마 세대
돼짓국은 비계가 묻어 동동 뜨지만
쇠고깃국은 고기가 밑으로 가라앉는다
그러면 돼짓국은 위의 것 떠주고
쇠고깃국은 밑의 것 국을 떤다오

새끼 고기 많이 먹이려고 이게 엄마들의 훌륭한 지혜였지…
이렇듯 1980년대까지의 장사 지내는 풍경!
허접한 헛간 한쪽에선 술에 취해 잠든 사람도
약간 의견충돌로 다투는 사람도
밤을 새워 가면서 화투 치고 술 마시고 자리를 지켜준
우리들의 선배 문상객들
잊지 못할 인생의 마지막 날의 풍경이었지

친정 가는 날

멀쩡하게 잘 지내다 부인 친정 가는 날
이날만큼은 무조건 조용히 지내야 한다
부부 수칙 3조1항에 나오는 불문율의 법칙이다
대놓고 다툴 일이 아닌데도 이날만큼은 시비가 일어난다
할 말이 있어도 꾹 참아 내어야 세상이 조용하다
이 세상 남편들은 살아오면서 이런 분류의 일은 종종 심상찮게
겪었을 것이다
일이 터지면 예전에 있었던 케케묵은 몇 년 전 일까지
소환해서 다툰다
본가 갈 때는 희희낙락이고
처가 갈 때는 도살장 가는 분위기다
젊은 시절 우린 처갓집 가는 날이면
우린 뿔뿔이 흩어져 간다
부인은 친정 가고 나는 처갓집 가고
애들은 외갓집에 가지
이러면서 웃고 다닌 아련한 추억들
이것도 다 자기 자신이 부족한 탓에서 빚어진 풍경이지
인생을 살다 보면 자기도 조금 살았다고

장인어른 장모님 요즈음 안부 전화 안 한다고 나무라면
남자들 세계에선 환갑 지나면 안부 전화 안 해도 된다는
불문율의 명언이 있다
이래 웃고 저래 웃고 재밌는 인생이다
세상의 남편들이여!
부인께서 친정 나들이 할 때는 공손하게 예의를 갖추어
배웅하고 슬기롭게 대처하자
그래야만 오래 살 수 있고 세상이 평온하리라

뭉치면 죽는다

세상일에는 대체로 함께 뭉쳐야 강해지고

잘사는 게 세상 이치이거늘

뭉치면 죽는 집단이 있네

일천세대가 넘는 아파트에 하루 인원 다섯 명이 근무하건만

정문 경비실 세콤 센터라 두 명이 같이 근무하면서

각자 개인 휴게시간 8시간 16시간 지우고 정문 입초 2시간 서고

나머지 6시간은 각 동 순찰 주차단속 재활용품장 정리 등등

그 많은 일을 소화하건만 동대표 놈들 일 년 내 하는 말씀이라곤

경비원 두 명이서 뭐 하는데 하면서 지껄인다네

그러면서 정문지원 가능, 인원조정 씨부려대고

16시간은 혼자서 초소에 근무하는지라

3개 초소 대원 시간대별로 정문 지원근무 하건만

시시각각 비상경보 화재경보 울리면 각 세대 방문하여

원상복구 해야 되고 토, 일 빨간 날은 경비원 합동 대청소날이라

이름도 거창하게 지어놓고 정문에 모여서 출발해 청소하고 나서

정문에 모이면 잠시 앉아서 커피라도 한잔하면

어느 동대표놈 지나가다 눈에 보이면

그 많은 경비원들 다 노는 줄 아는구나

한 달에 한 번하는 동대표 회의 때마다
경비원 일 안 한다는 안건은 단골메뉴가 되어있고
해마다 연말이면 인원 줄인다는 말은
우리 경비원들에겐 우이독경이 되었다네
이렇게 자기들 가십거리를 안겨준 경비원들
더 이상 줄이지도 못할 인원축소
너무 남발하지 마시게나
옥외 게시판에 크게 내붙여진
소문난 부자 동네!
○○○ 명품아파트 명당 터에서
즐겁게 행복하게 살고 있다는
글귀도 생각해줘야지…

경비는 흩어져야 산다는
우리들끼리 읊어대는 옹알이가 되었다네…

- 임인년 유월 하순에

7월

언제 한 해가 시작되었는지도 모르는 사이에
벌써 한 해의 절반이 지났다
임인년 첫날 결의는 잘 지켜지고 있나 중간 점검하니
100% 초과 달성을 하였구나
이렇게 열심히 생활하다 보니
6월이 가고 7월이 왔다
코로나 마마란 놈 때문에 움츠리고 있었던
인간 세상을 이제는 여행도 다니고
자유를 조금씩 만끽해 본다
"내 고장 7월은~"로 시작되는 '청포도'라는 유명한 시도 있지만
요즈음 절기는 너무 빠른 것 같다
옛날 초등학교 시절 가을이면
먼지 펄펄 날리는 비포장도로에 차가 지나가면
먼지가 뿌옇게 날리고 장비가 장판교에서 싸우던 풍경이었지
양옆으로 코스모스가 원대로 피고 정말 장관이었지
왜 도로마다 코스모스는 그리 많이도 심었는지…
6월 말인데도 깔끔하게 조성된 공원엔
코스모스가 한들한들 흔들리면서

아름다운 자태를 뽐내고
아무것도 이룬 것 없이 세월은 쏜살같이 내닫고
온 들엔 장마가 시작되어
더욱더 녹색으로 채워지는구나
7월의 푸르름이여 너무 뽐내지 마시게
두어 달 후 그 푸르디푸른 청춘도 시들 때가 오리니

이제는 말할 수 있다

옛날 흘러간 과거는 묻지 말라
내가 어떻게 살아왔던 지난 일은 묻지를 말라
어떤 이처럼 자주 드나들던 파출소 경찰서는
들락날락하지 않았고
부득이하게 인생 후반기에 두서너 번은 들락날락했네
살아오면서 테두리를 크게 벗어나지 않으려고
부단히 노력했고…
지금도 열심히 살아가는 이내 인생길
살다 보면 길도 많지
이 길, 저 길 많은데 내 갈 길은 어딘지 모르고 헤매던
젊은 시절도 있었고
막상 그 길을 찾아서 가다가 막다른 길도 마주치곤 했지
정말 참담한 현실도 맞이해봤고
다시 되풀이되고 했던 우리네 인생길
이제는 모두 다 버려야 할 지난 시간들…
나이 60 넘어 경비원이라는 직업을 찾았지만
아주 가까운 몇몇 사람 빼고는 극비에 부쳤지
그 자주 만나던 동창생들도 이놈이 어디서 무얼 하는지 몰랐고

전화 통화 중에 뭐 하나 물어보면 숨기고 했던 험한 직업 경비

굶어 죽어도 하지 말라는 경비 일

주변인들에게 절대로 경비 일은 권하지 말라는 우스갯소리도

있지요

그러나 이제는 말할 수 있다

이르듯 잘못하고 죄지은 것도 아닌데

그래도 쉬쉬했던 지난날들

세상 사람들아 솔직하지 않다고 욕은 하지 마시게나

사람마다 생각이 다르듯이 오해는 하지 말게나

이제는 말할 수 있다

그것도 대놓고 현재도 경비 일 하고 있다고…

오늘 임인년 칠월 중순! 본인 넋두리 삼아 쓴

'경비원의 사계'란 책이 나왔다네

책 표지에도 현재 경비로 근무 중이라는 글귀가 또렷이 새겨졌구나

이제는 떳떳하게 말한다

나이도 환갑이 넘었고 세상 산전수전 다 겪어본 사람이라

어느 누가, 이 못난 인생을 험담하겠는가

나는 외친다

나는 지금 경비원이다라고…

-壬寅年 七月 十五日

37

원피스 아줌마

○○○동 입주세대
원~피스 아주머니
주차단속 안한다고
관리실에 찾아가서
난리난리 게거품문
입주세대 아시나요

앞경비실 가린다고
지적하고 난리치고
애놀이터 모래퍼서
도로에다 장난친걸
쓸고있는 미화반장
지나가다 툭던진말

좀쓸려면 깨끗하게
지나가다 지적하네
생김생김 고고한척
걸음걸이 사뿐사뿐

하는행실 우습구나
그유명한 입주세대

우리에겐 영원토록
연구대상 일호라오

첫사랑

너무 아득한 나의 첫사랑 이야기
나에게도 첫사랑이 있었나
너무 까마득한 옛날이야기지만
그래도 그 시절 마주 보면 왠지 가슴이 설레고 했던
여학생이 있었지

결혼 생활 하면서 한두 번은
첫사랑 때문에 아무것도 아닌데도
티격티격 싸운 적도 있었다오
자기들도 누구를 너무 좋아했다는 고백도 하는
부인 친구도 있었고
나에게 직접 와서 누구를 좋아했다고
나에게 직접 말한 친구도 있었지
어느 누구는 군대 갔다 오니 나와 결혼했다는 이야기 듣고
실망했다는 부인 친구도 있었지
이렇듯 우리 둘은 쌤쌤이가 되었다오
이런 일 없이 여태껏 살아왔다면 다 거짓말이고
정상적인 부부가 아니라고 이 貳萬先生(이만선생)은 외친다오

젊은 시절 같이 지내는 사람이 인기가 있었다는 것은
그만큼 매력이 있었다는 이야기고 이 속 좁은 인간도
그 부분에 대해선 관대했지
사람이 살아오면서 이런저런 일로 다투기도 하고
그러면서 또 다른 문제도 불거지고 했던 우리들의 인생 이야기
요즘도 술 한잔하면서 이야기 중에 넌지시 던지는
옛날 애인 생각 나재 물어오면 유도신문 하지 말라고 일갈하고
또 신랑 잡으려고 하면서 웃으면 잔을 부딪친다네
이게 우리가 살아온 연륜이고 함께한 세월 아니겠나
이렇게 옛날 옛적 호랑이 담배 피우던 시절 이야기도
웃으면서 넘기는 우리의 성숙된 인생 이야기
나의 첫사랑이여!

여름 장마

유월 하순 여름 장마가 시작되었다
장대같이 비가 오다 하루 쉬고
하늘에 해가 쨍쨍 하더니 잠시 뒤 먹구름이 깔리면서
소나기가 한줄기 세차게 퍼붓는다
아침 출근길 K반장 전화 와서 태워 오는 길에
내뱉는 말
오늘 화분 물 안 줘도 된다는 지극히 흐뭇한 말씀에
내가 그 말 나올 줄 알았다 하면서 응수하고
출근해서 일하는 동안 세 사람이 같은 말을 한다
이 범생도 인간인지라 표현만 안 했을 뿐 내심 그렇게 생각하고
이게 우리가 살아가는 단순하고도 경이로운 집단이라오
유불리를 따져보고 아주 작은 소소한 일에도 감동받고
생활하는 단세포 이성을 가진 우리들이여
서로의 허물을 따져본들 무엇하리
오늘도 한나절 동안 오락가락하는
하늘의 마음이여
비 오는 날 수채화에 인생 허무를
느끼게 하네…

매미

7월 하순 매미 울음소리에 귀가 윙윙거린다
어린 시절 내가 다니던 초등학교 운동장엔
아름드리 플라타너스에 왕매미가 너무 많이 울어댔지
매미는 3년 이상을 땅속에서 유충으로 살다가
매미가 되어 7일 정도를 목청껏 울다가 생을 마감한다네
너무 오랫동안 땅속에서 있었던 게 한이 되어
이렇게 울어 대는지 시끄러울 지경이네
한두 마리 울어대면 서정적이지만
합동으로 울어댈 땐 소음으로 변하구나
오늘 너무 더운 날씨에 순찰 한 바퀴 돌면서
재활용품장 마대 대여섯 개 묶어내니 몸에 조금 부치네
산 밑이고 나무가 많다 보니 잠시 벤치에 앉아 있는 동안
매미가 요란스럽게 울어댄다
이렇듯 신선에겐 정답게 들리겠지만
삶에 찌들린 인人들에겐 그저 시끄러울 뿐이라네
내 너를 다시 사랑하는 협주곡으로 들릴 날이 오리라
꿈꾸면서 지친 하루를 마감한다

- 7월 하순에

골목길

골목길 골목길 하면 도시에선 사랑과 기다림

이별을 떠올리지

나의 어린 시절 골목길은 양옆으로 탱자나무 울타리로

가을 추수가 끝나면 리어카에 짚동을 싣고 가면

겨우 지나갈 정도로 한번 지나가면 가시에 지푸라기가 걸려

너덜너덜 붙어 있고 했지

동네마다 유사(총무 정도)라 하면서 동네마다 조그만 가게를

운영했는데 주 품목이 막걸리 담배 과자 부스러기 몇 개 정도

한 번씩 돌아가면서 막걸리 등을 팔았다네

힘든 노동일에 지친 아버지는 주전자에 막걸리를 받아오라고

하면 골목길을 걸어서 막걸리를 사 온다

그 당시 가게엔 집집마다 개인용 외상 장부가 비치되어 있었고

막걸리를 사 오면서 꼭 중간쯤에 오다 한두 모금 나팔을 분다

이러면 양을 보충하기 위해 오는 길에

우물가에 들려 물로 채워 넣고 했던

우리들의 어린 시절 정겨운 추억들…

내가 살던 함안은 가야장이라고 5일장이 섰고

한 번씩 찾아오는 장날 장에 간 아버지가 늦게 안 오시면

밤 시간 겁도 나고 하던 골목길에 마중을 간다
몇몇 장소는 귀신이 나온다는 골목도 지나고
머리카락은 삐죽삐죽 섰던 웃지 못할 기억들…
이제는 올 때가 됐는데 하면서 발을 동동 구르면서
기다리던 우리들의 좁은 골목길
아련한 추억의 골목길이여!

택구

이 낯선 단어 택구!
1970년대까지만 해도 시골에선 택구를 지어줬지
갓 시집온 새각시에게 동네 어른들이 이름 대신 불러준 이름
택구는 경상도의 방언으로 집주인의 벼슬 이름이나 시집온 동네
지명을 붙여서 불러준 이름이라네
우리 엄마는 덕산댁이었지 내가 살던 동네만 하더라도
위에서 내려오면 길~댁 산인댁 본동댁 대천댁 화산댁 가동댁
대봉댁 봉곡댁 연동댁 자동댁 유국댁 부봉댁 중남댁 삼발댁
둘안댁 강골댁에
서촌으로 건너오면 상기댁 자메댁 학산댁 포항댁 특골댁
봉산댁 미산댁 봉동댁 부산댁 마산댁 어촌댁 사랑무댁 개암댁
등등 수많은 이름들!
우리 할머니는 지동댁으로 불렸었지
동네에서 몇 안 되는 성씨에 따돌림을 받아도
할머니만큼은 아무나 업신여기지 못했다오
그만큼 올곧았고 품성이 좋았다네 이렇게 많은 댁들은
대부분 돌아가시고 몇몇 사람만 시골 노인으로 남았구나
여기서 본동댁은 가까운 동네에서 같은 동네에서
중매를 서 혼인을 한 세대였지

동네마다 겹쳐지는 택구는 다른 동네에도
함안댁은 꼭 한명씩 있었고 허준이라는
그 당시 최고의 인기 드라마에도 함안댁은 유명세를 탔다오
이렇게 별거 아닌 이름을 짓는데도
몇몇은 인생 스토리가 담겨 있다
네 이렇게 하나씩 사라져가는 우리들의 옛날 정겹던
이름들이여 자랄 때 싫든 좋든 지나간 일들 모두 다 지우고
그쪽 나라에 가서는 너무 힘들게 살지 말고
보상받으면서 살아가세요
여태껏 힘들게 우리들 키우느라 수고 많이 했습니다
모두 다 우리들의 엄마였고 할머니들이여! 정말 고생했습니다
지금 같이 살고 있는 부인은 백암에서
시집온지라 백암댁이라 한번씩 불러준다오

백암댁 그동안 모두 재껴 놓고 정말 수고하셨소
나의 중전이여! 미래엔 대왕대비여…

옛날에 직장생활 할 때 이렇게 아부 근성이 조금만 있었다면
지금 이 꼬라지론 살지 않을 텐데 하는
더늦은 아쉬움이 남네그려
삼나무처럼 너무 곧게 살지 말고 갈대처럼 휘면서 살자
인생이여 인생무상人生無常을 느끼면서…

산山

우리나라에는 산이 유독 많다
국토의 63% 이상을 산림으로 우거져 있어서인지
어려서도 산이 좋았다네
크면서도 산이 좋아서 산에 자주 오르내리고 했지
대한민국 100대 명산은 먹고살기 바빠서인지 많이 못 가도…
산에 오르면 말없이 정다운 친구 같은 산
산이 좋아 낮은 산을 하나 사서 집 짓고 살고파라 꿈도 꾸었지
세월은 흘러 이제는 산이 있어도 못 오르는 산이 되었네
관절이 쑤셔나고 허리도 아프고…
이제는 내 고향 앞산 마래봉이 명산일세
어릴 적 산에 올라 달집 짓고
칡 캐 먹던 고마운 산
이제는 돌아가서 앞산에 오르리라
가서 친구들 불러들여 도타운 안부 나누면서
걸쭉한 막걸리에 깊은 시름 풀고 파라
아무 날이나 가도 늘 앞에 있는 내 고향 앞산
그다음 좋아하게 될 산은 어딘지…

혹시 북망산일까 반추해 보면서 한번 크게 웃는다
천하제일의 명산 마래봉!
이제는 자주 보자구나

인터폰 하지 말라

살다 살다 보니
정말 별난 일도 많이 일어나네
OO동 입주세대 택시 기사 양반
마치는 시간이 새벽인지라
입구에 항상 차량을 주차한다네…
또 다른 입주세대 단속 안 한다고 민원은 빗발치고
우리의 김반 인터폰을 안 할 수가 있겠나
그러면 몹쓸 소리는 기본이요 왕짜증은 양념이라오
늘~상 짖어대는 개소리는 우이독경이라네
기사 양반 그날은
차량 운전대 앞에 글씨가 살아 움직이는 듯한 필체로
"인터폰 하지 말아라. 학 씹어 빌라!"라는
희대의 명언을 갈겨 놓았구나
앞으로 이 서체를 프리빌체라 명명하고…
이래서 이놈들이 명품아파트라 떠들어 대는 이유를
이제야 깨치니
늦어도 한참 늦었구나
정말 미안하구려 고개를 숙이고…

왕희지체 추사체 훌륭한 서체도 많이 있건만

아이고 훌륭해라 어째 이런 명품서체가

이 단지에서 나온다 말인가

따져보면 늦게 마치고 와서 조금 쉴려고 하니

인터폰은 울려대지요

짜증은 조금 날게고 이해는 간다네

입주세대 또한 다니는데 차량에 사람에 크게 지장을 안 주건만

자기 생각만 옳고 남은 다 틀리다는 생각, 자기 마음에

조금 들지 않으면 서로 배려하지 않는 모습이 서글프구나

그렇다고 경비원은 무슨 죄인이라고

자기가 뭐라 할 곳은, 큰소리쳐도 될 곳은

경비원밖에 없단 말인가

자기도 서비스업에 종사하건만

조금만 배려하면 모두가 편해지는 것을…

이렇듯 경비원이란 직업은

너무 많은 것을 요구한다네

아이고 힘들어라 우리의 김반

사진 찍어 보여주면서 자기도 사랑의 연서를 남겼다네

세대민원이 많다 보니…

그래도 세상은

오늘도 앉아서 밖을 응시한다
어제 장맛비에 세상의 모든 시름 씻겨가서인지
하늘은 높고 한여름인데 가을 하늘처럼 느껴지구나
지나가는 입주세대
조금 알고 인사하고 지내는지라
들어오면서 아이스커피 석 잔 사 들고 경비실 문 두들기네
문 열어 주면서 여기가 무상급식소도 아니고 매일 이런다고
정중하게 인사하고 커피를 챙긴다
오후 쉬는 시간 운동 삼아 밖을 조금 걸으니
지나가는 행인 길을 걷다가 풀숲을 헤치고
나무에 타고 오르는 칡덩굴을 제거하는구나
그것도 같은 간격으로 심어진 가로수를…
옆 도로에 가로수를 심었는데 언덕배기다 보니
잡목으로 우거졌고 나무 발육에 지장을 주는지라
이런 아름다운 행동을 하는구나
길 가다 보면 차량으로 이동하다 보면
전봇대 통신기지국 시설에 넝쿨식물이 타고 올라가는 것을
우리는 한번쯤 목격한다

이렇게 관련 부서에도 방지되는 것을…

2,500년 전 공자 형님도

젊은 사람들의 행동을 질책하면서 혀를 껄껄 찼다지

그러나 세상은 이렇게 굴러오고

또 계속 조금은 변하겠지만 다른 모습으로 유지되고 돌아가는

것을

기성세대들이여 너무 걱정일랑 하지 말게

우리 세대가 가면

또 다른 세대가 우리뒤를 이어갈 것이고

또 세상은 둥글게 돌아갈 것을

오늘! 이 순간…

그래도 세상은 살아갈 만하다는 것을…

눈에 잘 안 보이지만 묵묵히 자리를 지키고 있는

사람들이 많이 있다는 것을…

명품아파트

직업이 직업인지라
자주 듣게 되는 명품아파트
여태껏 살아오면서
명품가방 명품시계 이야기는 많이 들어 온지라
명품아파트 이야기는 근래에 자주 듣게 되네
오늘도
대한민국 아파트 단지에서 일어난 이야기로
대한 뉘~우스를 장식하는구나

"아파트 품격을 위해서라도 화물차량은
뒤쪽에 주차하시면 어떨까요?"

화물차주를 서럽게 한 쪽지가 나와
이 더러운 사회상을 고발하는구나

"품격 없는 쪽지 잘 봤다"
"아파트에 무슨 품격이 있다는 건지…"
"좋은 자리라서 심통 난 것 같다"

"아파트 품격 떨어지게 저런 행동을 하다니"

며칠 전 내가 근무하는 단지에서도
"인터폰 하지 말아라. 학 씹어 빌라!"라는
희대의 명문장을 남기더만
이렇게 대한 뉘~우스까지 타는구나
정말 복잡한 세상
같이 더불어 사는 동행은 힘든 일일까
같은 하늘 아래 같은 공간에서
똑같이 숨 쉬면서 생활하건만
지상 위에 화물차면 어떻고 승용차면 어떤가
참 인간이란 그 꼬라지보단
속이 중요한 걸 인간들은 외면하면서
살아가는 모습이 안쓰럽구나

나 자신부터 반성하자!

- 대한 뉘~우스 2022. 7. 22.

양심을 담아내다

매주 오는 재활용품 내어놓는 날
재활용도 안 되는 인간들이 많이들 있지요
한여름 옥수수 철이라 보니
옥수수 껍질 차고 차고 넘친다네
훌륭한 입주세대
큰 종이박스에 넣어서 몰래 버린지라
더 훌륭한 입주세대
"종량제 봉투에 담아서 버려 주세요"라는
아주 정중한 필체로 많은 사람들을 감동시키는구나
사람들도 천태만상인지라
비닐 버리는 곳에 음식물 찌꺼기 등등 분리하지 않고
양심을 차곡차곡 담아서 고상하게 버리는
얌체 짓을 일삼는 인간들…
유리 등을 박스에 넣어서 몰래 버리는 인간 등등
수많은 형태의 군상들이 즐비하다네
또 다른 한쪽에서는 그것을 분리한다고 힘들게 일할게고
그분들도 이런 군상들을 욕하겠지요
조금 배려하고 몇 푼 아끼면 될 것을

이렇게 고귀한 인격을 깎아 먹는다오
이렇듯 그 일에 종사하시는 분들은 박스 안 유리 등에
생각 없이 다칠 수도 있는 상황이고
조금 생각하고 배려하는 사람이 많아져야 하는데
갈수록 인간들은 더 많이 배웠건만
갈수록 야비한 행동만 일삼는구나
정말 한심한 시대상이여…

얌체족

얌체족 하면 여러 부류가 있겠으나 대표적으로
대형마트 시식 코너에서 상품을 구매하지 않고
고기만두 등등 구워내는 대로 입으로 가져가는 손님 아닌 진상들
조금 사용한 상품을 반납하는 얌체족
주차비 아끼려고 달랑 몇천 원짜리 물건 사고
대형마트 백화점 들락거리는 인간들
서점에 책을 구입할 의도 없이 바닥에 퍼져 앉아서
열독하는 젊은 세대들
이렇게 직업군 따라 얌체족도 달리 보이는구나
지금 하는 일이 아파트 경비 일이라 얌체족도 바뀐다네
여름철 재활용날 박스에 옥수수 껍질 수북이 담아내고
헌옷 수거함에 각종 인형 너들너들한 가방 베개 등등
별의별 물건들이 수거하는 날 쏟아져 나오고
전출세대 산고하고 버린 폐기물에 살짝 같이 묻어가고
병 수집 마대자루에 사기그릇 뚝배기 차고 차고 넘치구나
요즘 결혼식 하고 친구들끼리 식사하고 커피숍에 가면
앉을 자리가 없는데도 젊은 연인들 데이블 두 개 놓인 자리에
노트북 펼쳐놓고 공부 중이고

옆에 앉아 있는 중년들 일부로 들으라고 험담을 해도
들은 척도 안 하고 못 들은 척 열공이구나
아이고 인품들 훌륭해라 머리가 숙여지네
한가한 시간대에 이해가 안 가면 그게 잘못된 사람이지만
한창 붐빌 시간에 이것은 아니라네…
인간들이여 얌체 짓 하지 말고 염치를 지키면서 살자구나

8월처럼

8월이다
모두가 휴가철이라고 바리바리 싸들고 산으로 바다로 떠나지만
이내 몸뚱아리 아랑곳없이 방구석만 또아리 틀고
너무 더워서 나가면 땀이요 얼굴은 홍당무라
외출할 생각이 전혀 안 나는구나
한여름 장맛비에 온갖 잡풀은 웃자라서
세상은 온통 초록으로 뒤덮이고
바다도 좋지만 대형마트 나들이라도 가볼려고 생각하는데
바깥세상은 바람이 많이 불고 태풍이 북상 중이라
새시문 열렸다 닫히는 소리 굉음으로 들리는데
집에 계신 중전마마 태풍 대비 안 한다고
한 펀치 얻어맞고 혼수상태라네
마을 도서관 느티나무에 매달려 울어 젖히는 참매미
한가하게 목청껏 울어 재끼는 매미를 한없이 부러워하면서도
일주일 정도 죽어라 울어대고 세상을 뜨는 일생이 서글퍼구나
이렇듯 세월이 흐르다 보니
임인년도 거의 8부 능선까지 진입하구나
덧없이 흐르는 세월 속에 우리도 한때는 쌍팔년이 있었지

스물여섯 그 푸르디푸른 청춘靑春이 있었건만
이렇게 영원할 것 같은 청춘이 속절없이 다 지나가 버렸네
한 많은 60대여,
우리 모두 8월처럼 푸르게 꿋꿋하게 팔팔하게 살자구나
8월처럼…

또다시 병이 도지다

입주세대 옆집에서 박스를 무단 적치 했다면서
며칠 전 경비실 찾아와서 열을 올렸는데
관리실에 이야기해서 조치하면 될 것을 애꿎은 경비원에게
조목조목 지적하고 난리라네
이렇게 한 후 오늘 또 술 잡숫고 든든한 감사 양반 대동하고
위세 등등하게 경비실 찾는구나
유유상종이라 똥은 똥끼리 뭉치고 초록은 동색인지라
같은 부류의 두 인간이 뭉쳐와 이렇게 실랑이 한 40분 치면서
현관문 안 닫느니 청소상태 등등
오늘 해당 사항도 아닌 일까지 곱씹어면서 뒤끝 작열하는구나
그러면서 감사 왈 비장의 무기를 꺼내든다네
경비원 바꾼다는 청천벽력 같은 한마디에
우리 조장 왈 하기를 이것은 아니지 않느냐 점잖게 읊조리고
조금 분위기가 험악해졌다네
이렇게 쏙을 후벼파놓고 둘은 유유히 또 한 꼬푸 거들려 간다
가서 한잔하면서 자기들끼리는 경비원과 대결에서 승리를
거두었다고 건배하면서 이야기를 이어갈 위인이라네…
정말 한심한 작태 이 감사 양반의 폭주는 언제 멈출지

정말 귀가 막히고 코가 막힌다네

이렇게 일이 마무리되고 우리도 소주나 한잔 마실까

이 생각밖에 안 드는구나

우리를 위로해줄 술酒이 생각나는 하루다

오늘 빡세게 받았다

휴게시간 끝내고 경비실에 있으니
○○초소 반장 내려와 커피 한잔하고 있는데
미화원 아주머니 문을 열고 들어와서
밖에 제초 작업하고 있는데 소장이 쓸어 달라고 이야기해서
아줌마 대꾸하기를 우리가 할 일이 아닌데 못 한다고
소장 면전에서 받아쳤다 하네
그리고 나가면서 절이 싫으면 중이 나가면 되지 하면서
한마디 툭 던지고 간다네
아이고 우리 미화 싸모 결기가 훌륭하도다 칭찬하고
교대시간 다른 초소 반장 내려와서 근무하고 있는데…
역시나 아닐까 관리실 과장놈 빨간 전화 걸려 온다네
예! 정문경비실입니다 하고 받으니
늘~상 지껄어대는 멘트 오늘 제초 작업을 했는데
별로 쓸 거는 없는데 하면서 경비원에게 쓸어 달라하네
조금 전에도 세대민원에 당한지라
더운 날씨에 조금 열을 받았는데
여태껏 공식적으로 세 번 제초작업을 하는데 그때는
공지가 뜨고 협조를 부탁하니 마지못해 하건마는

이거는 아니지 않느냐 하면서 받아쳤다네

자기들 할 일을 매일 똥구멍 닦아 주다 보니

이제는 버릇이 되었구나

정문에 있으면 정말 한심한 민원에 스트레스를

많이 받다 보니 오늘에야 십년 만에 폭발하고 말았다오

그 시간 조장에게 휴게시간에 전화해서 떠벌리고

원청 회사까지 전령이 돌았다 하네…

조장 내려와서 무슨 일 있었냐고 묻길래

내가 무슨 일이 있느냐고 되물으면 이야기를 이어간다

조금 열을 받아서 관리실 올라간다고 하니 마니 하면서

관리실 앞까지 가고 있는데 전화 와서 극구 내려오라는 말에

못 이기는 척 내려왔다

정문에서 근무하다 보면 새벽에 화재경보 비상경보 울리면

반장들에게 화재경보 울렸다고 가 보시라 하면

지금 내가 가야 되나 물으면

다른 반장 지금 휴게시간이지 않느냐 이야기하면

현장 가서 계단 일일이 걸어오면서 확인하고 아침 인수인계 때

세대통화 했니 안 했니 하면서 스트레스를 준다네

그러면서 문 열 때까지 두들기고 그래도 안 되면
119 출동시켜 문을 따서라도 확인하라고 교육을 시키는구나
내려오면서 냄새 확인에 아무런 문제가 없으면
별문제가 되지 않는 되도 업무 소홀에 과실치사 운운하면서
열을 올린다오
같은 월급받고 왜 초소 반장에게 읊조리면서까지
근무를 해야 하면 그 시간에 나이 많은 반장에게 출동하라는
이야기가 조금 겁이 난다오
나이가 한참 어린 반장에게도 미안하기는 마찬가지지만…
어떤 땐 낮에도 홈오토 리셋 한다고 간다 하면
왕짜증을 내면서 열을 내는 입주민도 많이 있다네
그러면 안 가면 될 것을 또 비상벨 울릴 수 있다고 하면서
경비원의 짜증이 조금 더해진다
정말 특화된 경비원이다
경비원 일이 단순 업무인데 너무 힘들게 일을 만든다
오늘도 이런저런 이야기 중에 연말에 경비원 바뀌면
초소 근무 조금 하고 제대한다고 하면서 긴 하루를 마친다
정말 힘든 하루였다

불타는 금요일

오랜만에 외쳐보는 불타는 금요일
코로나 시국에 여러 가지 핑계로
직원들과 흔한 술자리 한번 못하고
모처럼 5총사가 한자리에 모였다
간략하게 그동안 있었던 서운한 감정도
흉금 없이 털어내고 정말 화기애애하게
즐겁게 1차를 마무리했다
항상 무리 중에 별난 人들이 한두 명은 존재하는 법
우리는 동료와 함께 입가심으로
시원한 맥주 한잔 걸치고 간단하게 노래 한 곡 하고 아~싸…
뒷날 휴유증은 반드시 동반되는 법
모두 다 하루 조신하게 별 탈 없이 마무리하고
이렇듯 세월은 흘러가고
나도 늙어가고
정말 옛날 이내 몸이 아니네
모처럼 만에 불타는 금요일!
또다시 오르나…

- 좋은 시절에

코로나 확진

경비원 코로나 확진으로 하루는 연차를 내고
둘째 셋째 날은 대근 근무자도 안 세우고
경비원 네 명이서 굴러가는구나
실제로는 조장 빼면 세 명이서 그 많은 업무를 하필이면
재활용 내는 날에 걸려 힘들게 하네
이런 인력사무실보다 못한 업체는 대근자를 구해볼 생각이
아예 없이 그냥 넘어가면서 경비원 일당 착복하고
우린 쓰발쓰발 하면서도 말 한마디 못 하고
이렇게 당한 게 어디 한두 번인가
회사에서는 신입 경비원을 채용해도 근무복도 지급하지
않고 남이 입던 똥걸레 같은 옷을 입히지 않나
정말 한심한 작태라오
폐기물 나와 받은 돈 처리하면 남은 돈으로 회사에서
지급하고 써야 될 각종 사무용품 소모품 등도 회사에서
돈 한푼 안 들이고 선임 조장이 알아서 기는구나
사람이 돈을 만지다 보면 떡에 콩고물이 묻듯 조금 남는다
이걸 장부를 만들고 받은 것과 지출한 것을 똑같이 만든다
이것이 너무 정확하면 이상한 일인데 이걸 일이라고 매달린다

자기가 선임 조장 역할을 하려면 경비원들에게

필요한 기본이라도 해야 하건만 어찌 회사만

돈 벌어 줄 생각으로 머리에 박혀 있네

이게 아주 나쁜 줄 알면서도 우리도 같이 묻혀간다오

그래도 젊은 시절 조금 큰 회사도 다녔고

사회 부조리도 알 만한 분들이지만 이런 부분에 대해선

입 꾹 다물고 그냥 묻혀간다오

회사 다닐 땐 그렇게 머리에 빨간 띠 불끈 두르고

노동자를 대변한다고 하면서도 자기들 밥그릇만 챙긴

집단들이 얼마나 많았나

이런 부류의 작은 집단들이 얼마나 많으면

그래도 회사 차리고 사장이라고 어깨에 힘이 들어가겠지

어제도 경비원 한명이 코로나 자가검사 하니 확진이 되어도

오늘 출근해서 버젓이 일하고 있다네

그러면서 사람이 없어서 오늘은 이왕 출근했으니

초소 일만 시킨다 한다네 정말 한심한 집단이다

개인 프라이버시도 있고 해서 심하게는 열거 못 하지

많은 정말 한심한 인생들이다

또 이렇게 며칠이 될지 모르지만 일주일을 이렇게 근무를 한다

정말 이놈의 사회가 정상적으로 돌아가야 하건만 바뀔 생각이

전혀 안 나는구나 정말이지 한심한 세상世上이다

우리들 세대는 이렇게 대충 넘어간다 치더라도

정말 우리 아이들 세대는 좋은 세상이 오리라는

희망만을 안고 살아왔는데

이제는 이것마저 접어야 될 것 같다

정말 반성하면서 살자

- 임인년 8월

이렇게 살지 말자

이른 새벽 1시 50분 순찰 차량이 두 대나 들어온다
모니터를 확인하니 2동 지상주차장으로 차가 들어가고
잠시 뒤 헤드라이트를 켠 채로 사람들이 아른거린다
그러면서 손전등을 켜고 다니면서 차량마다 확인을 하는 게
무슨 큰일이 일어난 것 같아 관리실 이 기사에게 전화해서
현장 가보라고 이야기하고 우리 쪽에도 가봐야 될 것 같아서
휴게 중인 조장에게 전화하니 2시 5분이다
그러면서 계속 화면을 주시하니 차를 치고 박아서
비틀어지게 주차되어있고 조금 후 입주민 젊은 친구 찾아와선
알고 있느냐고 이야기하니 보시다시피 모니터 보여주면서
경비원 관리사무실 직원 출동시켜 확인하고 있다 하니
그제야 예 수고하세요 하면서 나간다 상황을 물어보니
음주측정을 거부하고 주차되어있는 차량을 서너 대 치어 박아서
유리가 깨지고 현장이 엉망이라네
이렇게 한 시간을 넘게 실랑이 치면서 상황종료가 되었나
싶더니 다시 순찰차가 들어와서 돌아나니고 성비실 찾아
CCTV 열람하고 서류 작성하고 매뉴얼대로 열람하니
차 쥐어박고 한 행동이 가관이다

71

경찰에게 음주측정은 했냐고 물어보니 했다 하네
아이고 힘든 직업 상황종료가 되는구나
아침 휴게 마치고 들어오면서 뜬금없이 어제 일을 물어봐서
이야기하면서 출동 안 했나 물어보니 안 갔다 하네
그러면서 벽면에 부착된 휴게시간표 보고 있네
순간 기분이 더럽더만, 삭히고 그 시간에 두 반장도
휴게시간이고 오늘 재활용 내는 날인데다 코로나 확진으로
한 명은 연차고 빡세게 일한지라 그래도 정문 조장이
우리보다는 쉬운 자리인지라 전화해서 조치했건만
사람을 기분을 잡치게 하네요
현장에 가지 않았다고 나무라는 것도 아니고
그 일에 대해서 말하지도 않았는데
그러면서 반장님 전화할 때 기분 나쁘게 받았습니까 묻네
이걸 따지는 게 아닌데…
아침 화재경보 울려 관리실 보고 안 했다 하면서
올라가서 보고한다 하고는 퇴근한다
관리실 이 기사에게 어제 수고했지요 하면서 인사하니
괜찮습니다 하면서 어제 잘 갔다고 이야기한다네
그러면서 한번 더 꼭두새벽에 전화해서 미안하게 되었다 하니
웃으면서 이야기를 마무리한다
서로 근무하면서 마음에 안 들 때도 있고 없고를 떠나서

오늘 일은 많이 가슴에 남는다 많이 실망이다

내일이 걱정이 된다

내일은 내일 일 오늘만 생각하자

불법주차단속

듣기만 해도 진절머리가 나는 불법주차단속
기존 방문 차량은 화면을 보고
몇 동 몇 호 누르고 발급 누르면 방문증이 나온다
상가 잠시 방문은 '상가 잠시 방문' 누르면
방문증이 발급되는 시스템이다
이러다 보니 불법주차 장기주차 등이 많이 있다 하여
동대표회의 때마다 통제 방법이 달라지는구나
바뀐 방법은 세대 잠시 방문 차량은 호출 버튼을 눌러서
경비실에 방문 목적을 이야기한 후에 방문증이 나오면
방문 가능하도록 바꿨다네
이렇게 한 달 정도를 안내하고 겨우 한나절 하고 반발이 많으니
바로 중단하고 뒷날 동대표 회의에서 다시 결정한다네…
이게 벌써 몇 번째인가 헤아릴 수가 없네그려
정말 동대표놈들 집요하고 광적이라네
정말이지 똥걸레 집단이라오
이렇게 단속을 하다 보면 그 욕설은 전부 경비원에게 돌아오고
후문 방문 차량 차단기 안 열어주니 후진하다 사고 나는 일도
한번씩 있다 이러면 관리실 지시 오기를

너무 빡세게 하지 말란다

요즘 미등록 차량 인터폰 오면 후진해서 정문으로 오시면

방문증 발급되고 한다 하면 방문자 뒤에 차량이 있어서

말을 흐리면 그분들 입주민이니 무조건 양보한다고 일갈하고

그분들이 매의 눈으로 우리를 감시한다고 읍소하고

정문으로 유도한다네 각 초소 입구마다 큰 입간판에

눈에 확 들어오도록 미등록 차량 출입금지라는

안내문이 있는데도 군이 들어온다네

두 곳 후문 경비원 휴게시간에 정문으로 인터폰 오다 보니

정말 힘든 정문 업무라오

이놈의 끝이 없는 길을 계속해야 되는지 의문이라오

오늘 비가 많이 내려서 정문 대원 재량으로

차단기 아예 개방하고 조금 여유를 즐긴다오

하남석의 '밤에 떠난 여인' 노래를 들으면서…

- 임인년 팔월 하순에

매미도 한철이다

8월!
온 세상은 초록으로 뒤덮이고
벚나무 느티나무마다 왕매미 참매미 달라붙어
귀가 찢어지게 맴 맴 맴 울어 재끼는구나
매미는 한여름 한달 정도 노래를 부르기 위해
3년 이상을 땅속에서 어둠과 외로움 속에서 나와
짝짓기를 위해 수매미가 암매미를 부르는 세레나데라네
자고로 매미는 오덕五德이 있는지라
우리 선조들의 숭앙을 한 몸에 받아온 곤충이라오

머리 부분은 관이 있고
이슬만 먹고사니 깨끗하고 청빈하면
곡식을 훔쳐먹지 않으니 염치가 있고
굳이 자기 집을 짓지 않고 나무 그늘에서 살아가니 검소하고
철에 맞추어 허물을 벗고 울면 절도를 지키니 신의가 있다 하여
매미의 오덕이라네…

이 밥벌레 인생도 한 바퀴 돌고 나무 밑에 앉아 있으니

매미 소리 요란하구나

매미야

조금 힘들고 각종 스트레스에 너를 험담 좀 했기로서니

욕하지 말게나

내 두 번 다시는 너의 울음소리에 일희일비하지 않으리라

마음껏 소리 내어 우시다가 가시게나

생일상

일 년에 한 번씩 어김없이 찾아오는 생일날
눈 비시자마자 주방은 요란스럽다
각종 나물에 꼬치 몇 가지 조기 몇 마리 노릇하게 구워내고
미역국 맛있게 끓여내고 준비해둔 제철 과일에
정화수 떠서 상에 올리고
첫 번째 돌상보다 풍성하게 차려졌구나
잠시 후 머리 손질하고 상 앞에 무릎 굽혀 앉는다
그러면서 하나님 전 부처님 전 조상님 전에 비는지
정성을 다한 후에 정화수 세 모금 마시라는 어명에
숙연해지면서 예쁘게 세 모금 들이킨다네
아들딸은 집 떠나고 먼 객지에 있건만
늘 한평생을 변함없이 섬기는구나
이제 곧 예순이니 한평생이라 할만도 하네그려
해마다 찾아오는 어중개비 내 생일도
상다리는 휘어져서 판을 몇 번 바꿨는지…
오늘도
아들 생일날이라 한나절이 요란했다네
덕분에 난 잘 먹고 배는 남산이라 자리에 누우니

파리가 미끄럼을 타고 노네

여파는 이어져 이른 저녁 갈비에 술까지 거드니

산해진미에 주지육림이 따로 없구나

이렇듯 같은 공간에서 같은 숨을 쉬면서

같이 살아간다는 게 너무 행복하다오

길을 걷다 보면 넘어지는 날도 있고

살아가다 보면 눈물 나는 날도 있고 한다지만

정말 눈물 나는 정성에 눈물이 핑 돈다오

기록만 쌓이네

얼마 전 소장 바뀌고 나이가 좀 있는지라
자기따내 열심히 한다고 구석구석 휘젓고 다니면서
여태까지 안 하던 매주 화요일 모여서 회의 아닌 잔소리하면서
서울에는 이렇게 지저분한 아파트 없다 하면서 청소상태를
지적하고 사사건건 간섭이 장난이 아니라네
관리실 직원 주변 도로변 제초작업 하고 자기들이 싸놓은 똥
미화원 아주머니에게 쓸어달라고 하니 우리 미화 싸모 단박에
못 한다고 하고 경비실에 와서 구구절절 하소연하고 나가면서
왈曰 하기를, 절이 싫으면 중이 가면 되지 하면서 일갈하고
결기 있게 나간 날…
관리과장 빨간 전화와 경비원들에게 명령을 내리길래 날씨도
무더운데 대화 중 수화기를 세게 놓았던 사건…
바로 보고 들어가니 금방 전화 빗발친다네
뒷날 출근하니 사유서 한 장 써달라는 조장의 지시가 있어서
용지를 보는 데서 찢어버렸더니 다시 서류 내면서
한 장 써 달라네, 아이고 시말서도 아니고 하면서 바로 앞에서
서류도 아닌 A4용지 한 장에 일필휘지로 갈겼지…
오늘 K반장 정문지원 근무에 CCTV 확인하자고 와서

자기는 못 한다고 하는 순간 방문객 차량 대여섯 대
내리 들어오니 처리하고 이 와중에 8동 차량 경보음 울려댄다
전화 오니 초소 반장에게 전화하니 입주세대 자기 응대는
않고 열 받아서 관리실, 에스원, 회사에 바리바리 전령이 돌고
정오쯤 전화 와서 내려와 자초지종을 묻고 K반장 올라가서
쉬게 하고 민원세대 불러들여 CCTV 확인하고
회사, 조장 전화 남발하고 동대표 회장까지 와서 묻길래
민원세대 듣는 자리에서 자초지종을 이야기해서
설명해주니 그냥 조용히 마무리되었다네…
이렇듯 경비원은 잘해도 얻어맞고 못해도 두들겨 맞는 게
경비직이라 오늘 사건 두리뭉실 온화하게 처리했다오
그러면서 사유서 한 장 작성하고
인품 있게 업무를 계속 이어간다
민원세대 연락하니 보험처리 하고 잘되었다 하면서
고맙다고 이야기하네
요즘 자주 기록만 쌓이네…

- 임인년 8월 말

81

사유서 1

2022년 8월 28일 오전 11:50분경 입주세대 ○○동 ○○○○호에서
아가씨 두 명 정문경비실로 찾아와 9동 지하 주차장 차량을
치고 가서 CCTV 확인 좀 하자고 하니 우리 대원 자기는
못 한다고 하면서 조금 있으면 정문 근무자 내려온다고 하면서
자기를 응대는 않고 무슨 전화인지 통화를 좀 길게 하고 해서
열받아서 관리실에 전화하고 동대표 회장에게 전화하고 했다네…
12:21분 대원 전화 와서 받아 보니 일찍 좀 내려오라 해서
바로 오니 관리실 기사 양반 입구에 서 있어 자초지종을 물으니
난리가 났다네 무슨 일이 있으면 나에게 바로 전화해서
처리하면 될 것을 조금 미흡하게 처리해 이런 불상사가 일어났다
바로 입주민 전화해서 내려오게 해서 CCTV 확인 기록하고
열람해 찾고 있으니 모 부장님 전화 와서 자초지종을 물어
오늘 정문 조장 연차로 3초소 대원이 지원근무 서고 있고
초소 대원들은 조금 미흡하다 이야기하고
지금 입주세대 와서 처리하고 있다고 전하고 전화 끊었네
잠시 뒤 조장 전화 와서 있었던 일 이야기 해주고
잠시 뒤 동대표 회장까지 경비실에 찾아와서 물어
입주민 있는 자리에서 자초지종을 이야기해주고

우리 대원이 조금 미흡했다 읊조리고 양해를 구하니

알았다고 하면서 이야기를 마쳤다

확인 결과 아주머니 차량 스치고 인지했는데도

가는 거 확인하고 세대 전화번호 주면서 일을 마무리했다

그리고 동대표 회장 관리실 기사 전화하니

안 받는다 하면서 씨부렁거려쌌는다

- 2022년 8월 28일 일요일

사직서

상기 본인은 일신상의 이유로
사직하고자 합니다

모월 모일 홍길동

젊은 시절을 보냈다면 수많은 사직을 고했지
술자리에서 상사와 부딪쳐
내일 안 나온다는 말 한번씩 남발하고
뒷날 왜 출근 안 하나 전화 오면 못 이기는 척
박카스 한 통 사서 출근을 하곤 했지
돌이켜보면 너무 우습던 시절들…
그러면서 뒷날 술자리에서 있었던 무용담이 소개되고
한잔 거들고
환갑 넘어 경비원 생활이 세콤통합센터에 근무하다 보니
둘이 같이 붙어있을 때가 대여섯 시간이 되다 보니
사소한 언쟁에 사직서를 쓰고 자기 소지품을 정리하면서
대원이 성질 삭히라 해도 초지일관 그 결기가 대단하더니만
명색이 조장이란 자가 대책 없이 객기를 부리더만

월초 아무런 말도 없이 눌러앉네

자기와 부딪쳐 나로 인해 사직까지 결심했다면

주변에서 나를 어떻게 볼 것이며, 조금 기분이 상한다오

주변의 시선일랑 접어두고 내 자신만 떳떳하다면 그만이지만

나이 들어 행동은 고민을 하고 내뱉아야지…

아직도 이런 결기가 있다는 게 부러울 뿐이라오

낮술 하기 좋은 날

그 무덥던 여름도 한풀 꺾인 팔월 말
경비실 앞 상가에 들락거리는 수많은 사람들…
대암산은 운무에 뒤덮이고
비는 부슬부슬 내리고
밀가루 반죽에 풋고추 정구지 홍합살 총총 썰어 넣고
노릇하게 구워낸 부침개에
100년 전통 지평주조 막걸리 큰 뚝배기에 부어서
표주박 쪽자로 휘휘 저어서 잔 가득 채우고
캬~아 하면서 한잔 거들면 세상은 내 것이 되곤 하지
앞 간판이 사나포차에
친절봉사! 일류안주!
일단입장! 외상사절! 내걸고 있는 모습이 와 이리 우습는지
오늘 비 오는 날!
이렇게 실컷 퍼마시고 하루 종일 깨어나지 않고 쉬고 싶어지네

낮술 하기 딱 좋은 날이네…

인생人生 1

인생이란 놈은 나그네와 같아서
잠시라도 걸음을 멈추지 않는구나
오늘도 열심히 앞만 바라보면서 나아가건만
남은 날은 얼마나 될는지

우리 인생에서 사건 사고는
조심하면 피해 갈 수 있다지만
밀어내고 쓸어내도 찾아오는 늙음만은
피해 갈 길이 없구나

지나간 세월을 슬퍼하고
홀로 소나무 밑 의자에 앉아
늦더위 여름을 보내는 마음
사랑했던 님과 헤어지는 심정이라네

- 임인년 8월 31일 새벽에

경비원의 자격

백팔 동 팔백일 호 입주세대
추가 소독 위해 열쇠를 경비실에 맡겨놓고
뒷날 경비원이 조금 일처리가 미흡했는지
입이 천발만발 튀어나와서 초소를 찾아오고 난리 났네
그러면서 조장에게 전화 와서 구구절절 따지면서
마지막 왈 하기를 경비원 좀 똑똑한 사람으로
뽑았으면 하더라네…
아이고 우짜꼬 고품격 아파트 입주민 수준에 맞지 않아
고고한 품격에 자존심에 상처를 입혔구나
무슨 놈의 경비가 똑똑하고 안 하고가 웬 말이면
자기들보다 지 남편보다 더 훌륭한 인품과 두뇌를 겸비했건만
자기 마음에 조금 들지 않으면 이렇게 터진 입이라고
나오는 대로 씨부려대는구나
우리 김반 내려와서 하소연하면서
K대 출신도 있고 이만큼 똑똑하면 됐지 어째라고 한다
경비복 벗고 나가면 다 이웃이고 훌륭한 인품을 갖춘
사회인이건만 이렇게 인간을 막 대한다오
앞으로 경비원도 공무원 시험처럼 시험을 쳐서 뽑자고…

따~신 커피 한잔하고 올해 마지막 제초작업!

관리소 직원들 누운 똥 치우려 간다

올해가 마지막이 될는지?

경비원의 25시

이른 새벽 눈 떠자마자 한술 뜨고 출근한다
그래도 춥고 깜깜한 겨울보다는
밝은 여름이 덜 서글퍼다
출근해서 옷 갈아입고 따~신 커피 한잔 기계적으로 마시고
비가 오나 눈이 오나 폭풍한설 몰아쳐도 입초근무 변함없고
자기 맡은 동 체크리스트 똥글뱅이 치러 올라간다
이렇게 순찰 한번 돌고 내려오면 기계처럼
휴게소에 쉬러 올라간다
무슨 놈의 아침부터 대낮에 잠이 올 거면 누워서
뒤척거리다 조금 눈을 붙인다
정오쯤 내려와서 대원 올려보내 쉬게 하고
혼자서 수많은 방문객을 앵무새처럼 조잘거리면서 대한다
이렇게 하는 시간 대원들 지원근무 오면
동네 아주머니처럼 수다 좀 떨다가
이른 저녁 간단히 한 그릇 사 먹으러 분식집 드나들고
오후 입초근무 램프등 켜면서 한 바퀴 돌고 자루 묶어내고
와서 조금 서먹서먹 있다가 기계처럼 쉬러 올라간다
초저녁에 올바른 잠이 될 거면 차량 지나가는 소리에 뒤척이다

재수 좋으면 두서너 시간 억지로 잠을 잔다

시간은 자정을 넘어 내려오면 하루가 억지로 갔다고 느껴진다

이렇게 혼자서 까만 밤을 하얗게 지새우는

인고忍苦의 시간 속에 대원들 순찰하러 들려

지정된 각 지점 터치하고 기계처럼 움직인다

이렇게 마지막 대원 코파스 순찰이 끝나면

새벽 아침!

국방부 시계처럼 느린 길고도 긴 25시가

어렵게 지나간다

이게 나의 하루 일과다

많이 서글프다

인생人生이…

사유서 2

오늘 9월 7일 (수요일) 오후 택시가 입주민 태우고
방문자 입구로 진입해 먼저 인터폰으로 조금 기다려 달라고
읊조리고 ○○동 ○○○○호로 방문중 나오게 하고
조장 편의점 빵 우유 사고 가면서 차단기 앞으로 와서
택시기사 입주민 옛날에는 안 했는데 하면서 투덜대길래
관리실에 가서 따지라는 말을 하니…
가다가 퉁명스럽게 다시 와서 인상이 일그러지면서
싸움 붙일 일 있나 하면 게거품을 문다
목소리가 올라가고 인상이 붉으락푸르락하는 게
정말 가관이다 그러면서 같이 받아주고 한번 말다툼이 있었네
무슨 관리실에 가서 따지라는 말이 고렇게 큰 잘못이면
별난 인간들을 너무 자주 대하면 충분히 안 다투면서
이런 말은 할 수도 있고 자기가 앉아 방문객 대하는 것보다
더 싹싹하게 응대를 하건만 이런 행동을 하네
자기는 경비 서면서 기본을 지키지 않고 근무를 서면서…
방문객들과 입주민 응대에 문제가 발생된 것도
자기가 더 많이 발생하건만 도대체 융통성은
쓰레기통에 버렸는지 알 수가 없다

한달 전에도 아무것도 아닌 것을 가지고 게거품을 물고
사직서를 갈기더니 자기 소지품까지 챙기면서
반장들이 말려도 초지일관 객기를 부리더만…
오늘도 출근해서 내가 먼저 자기에게 말도 붙이고
그래도 직장이라고 훌륭하게 근무를 하건만 출근하면
컴퓨터에 대가리 처박고 입초 서려고 나이 많은 반장이 와도
먼저 인사는 아예 없고 이런 분류의 사회생활을 하고
생활한다는 게 신기할 따름이다…

어지간히 해라

아저씨 저 좀 도와주세요 하니
경비원 차 드렁크에 새 의자를 꺼내들면서
힘에 부딪혀 그만 쿵 하고 바닥에 놓인다
아후 고거 새 건데…
아이 무겁던데 경비원 말하니
그런 거 하나 못 들고 무슨 경비 일을 본대? 하면서
핀잔을 준다
경비원 할아버지, 아이고 내가 개를 안을 테니
사모님이 의자를 미셔 하면서 안고 있는 개를 잡으려고
하는 순간 드러운 손으로 어디 애를 만져요 만지기는
하면서 얼굴이 이그러진다
이때 경비원 할아버지 그만 폭발하면서
이게 개지 애냐 일갈하니
입주민 아줌마 왈
아저씨 경비 일 관두고 싶어요 하니
네가 자르기 전에 내가 관둬 하면서 쓰고 있던 모자까지
땅바닥에 내팽겨치면서 내가 아파트 경비지 네 집사냐
네 남편은 남 밑에서 일하지 내가 네 애비뻘이야

어지간히 해야지 어지간히 네 남편 사장이 네 남편한데

그러면 좋냐 하면서 벼룩이나 드글드글 확 올라라

하면서 막을 내린다

이렇게 세게 받아치니

주변에 보는 사람이 있는지라 쪽팔리는지

총총걸음으로 사라진다

열 받을 때 속이 확 풀어지는 영상이다

오늘도 입주세대 거실 문갑을 내어 폐기물 신고해서 가보니

삼천 원이라고 하니 아직 쓸 만한데 하면서 조금 도와 달라네

자기 집까지 갖다 달라네 입주 시 오래된 것이 되어

무겁고 투박한지라 힘들게 엘리베이트까지 옮기고 일을

마무리 지었다네

이게 대한민국 아파트 공화국의 설상이라 생각하니

서글퍼진다

명품아파트의 자질

정문에 근무하다 보니 수많은 방문객 입주민 들락날락거리고
너무 방문객 통제가 심하다 보니 민원 반발 속출하네
방문 유행도
○○동 ○1호는 택시, 노란 학원차, 2.5톤 이상 트럭
○○동 ○2호는 배달 픽업
113-1호는 상가 방문
114-1호는 관리소 방문까지 추가하네
이제는 숙지도 힘들구나
얼마 전까지만 해도 보름도 안 된 사이에
두서너 번이 바뀌었다네
방문자에 전화번호를 요구하다가 방문자 양반 사생활 침해라고
조장과 티격태격하다 에이 더럽다고 돌아가 버린 일…
나 역시 사람인지라 차량에 전화번호가 대부분 있건만
또 전화번호를 물어보면 먼저 머리에 쥐가 난다오
이렇게 반발이 심하니 하루 만에 전화번호는
입력금지 하라고 지령이 당도하네
택시 노란 학원차 2.5톤 이상 트럭은 그냥 통과시켜라는
지령에 잠시 인간이 되는구나고 칭찬을 아끼지 않았건만

이번 개정에 인터폰 누려면 ○○동 ○1호 입력하면

방문증 나오게끔 조치하니 제일 문제가 되는 게

훌륭하신 택시기사인지라 10명 중 11명이 반발을 하는구나

이러면서 이런 아파트는 처음 본다고 꼭 한마디 던지고 간다

옆에 타고 있는 인간들도 심하면 욕설에 반말까지 같이

해대면서 경비원을 탓하네요

이렇듯 사사건건 부딪치면 살아남을 게 없지만

이제는 목계木契의 경지에 오르다 보니

타의 추종을 불허한다오

옛말에 사람 사는 집구석 사람들이 끓어야 잘된다는

선조님들의 훌륭한 명언을 내팽개치고 내뱉는 말마다

학군 교통 주변 인프라 등 명당 터에 자리 잡은

명품아파트라 짖어대썼건만

몇 안 되는 동대표놈들 대갈빡에는 이런 추접한 잡생각만

꽉 차 있네 이러다 보니 앞 상가에 이발을 하려가니

경비원들이 너무 통제를 심하게 하다 보니 장사가 안 뇌고

단골 손님들이 거의 다 떨어져 나갔다고 하소연하네

식당에 들려도 다 경비를 나무라고…

이런 업에 종사하다 보니 관리실 직원들이나 경비원들이나

모두 을乙이다 보니 시키면 시키는 대로 하니

무슨 죄가 있으면 동대표놈들 감사놈들 완장 찬 놈들이

대갈빡 맞대고 짜낸 법령들을 뒷날 어명이 당도하면

무조건 따라야 하는 만고불변의 법칙을 아는지 모르는지…

아 힘든 조직!

조금 융통성을 부려 볼려고 택시 학원차 택배차량은 그래도

통상 힘든 직업인지라 열어주고 입차 처리하면 되었는데

모든 기록이 입출차 내역에 남는지라 고령자 소장놈이

더 열심히 관리실 컴퓨터에 버티고 앉아

우리의 일거수일투족을 감시 감독 하는구나

아 힘들어라

왜 이리 가면 갈수록 더 힘들게 하는구나

내일 추석인데 찌짐 꾸려 왔는데 이렇게 통제를 한다는

입주민 아들 말이 귓전에 맴도네…

- 2022년 9월 10일 추석날 새벽에

때때옷

빗방울 떨어지는 한글날 아침
출근해서 깔깔한 춘추복 착복식을 거창하게 마치고
따~신 커피 한잔 들고 책상에 앉아 본다
조금 근엄하게 무게 잡고 앉아 휴게시간 싸인 하고
어제 정문일지 한번 펼쳐보면서 나름 근무의 품격을 다져본다
입사 후 처음으로 보급받는 근무복인지라 양어깨에
힘이 들어가는 게 전산에 울려 퍼진다
세삼 무게와 값어치가 더 무거워져서 입주민들 봉사 위해
분골쇄신하기를 한번 더 결의를 다져 본다
내일 시간 나면 앞에 두 줄 등 뒤에 가로세로로 다림질해서
칼같이 모양도 내고 40년 전 칼주름 잡던 실력도
발휘해볼 생각이다
오랜만에 맛보는 설빔 때때옷도 아니고
환갑 나이에 이렇게 깔깔한 새 옷을 영접하니
기분이 몹시 좋아지는 아침이다
오늘 이 날아가는 기분으로 쭉 달려보사
때때옷 입고…

걱정도 팔자다

추석 연휴라 둘이서 하염없이 멍청하게
넋을 잃고 앉아 있는데…
나이 든 중간치기 할머니 경비실에 찾아와서 분수대에
술 취한 아저씨 걸터앉아서 꾸벅꾸벅 졸면서 위험하다고
빠져 죽는다고 가서 깨워서 보내라네
물은 깊이가 20cm도 안 되건만 그곳까지 가면서
명절은 명절이구나
한마디 읊고 바라보니 멀쩡하게 앉아서
휴대폰 열심히 공부 중이네
고려면서 중간치기 할머니 조금 전에까지 졸고 했는데
개가 짖어쌌더니 깨었나 보다 하네…
이에 경비원님 대꾸하기를 한번 태어나면
한번은 꼭 가보는 인생
뭐 그리 무서우면 큰일 나면 돼지 한 마리 잡으면 되고
조금 살 만하면 소 한 마리 잡으면 된다는 경비원의
깊고 오묘한 말씀에 장단 맞추고 자기도 웃는다네
엊그저께 태풍 한남노에 나무가 도로 쪽으로 조금 기울었다고
길 가는 아주머니 경비실에 찾아와선 상황을 구구절절 말해준다

가서 보면 별문제도 아닌 것을
조금 극성을 부리는 인간들이 있다
관리실 전화해서 보고하니 기사 양반 어두운 밤에
내려와서 보고 이 시간 어떻게 나무를 자를 거며,
큰 위험도 없는데 해싸면서 씨부렁거리면서 올라간다
너무 지나친 신고 정신도 조금 생각하면서 하자요
뒷날 나이 든 소장놈 구석구석 돌아다니면서
비미 알아서 할려구

입주민의 명절선물

추석 앞날 오후
5동 입주민 두 분이 베지밀 두 박스 사들고 와서
감사하게 받고 밖에 계신 입주민에게 감사 인사 드리고
잠시 후 5동 입주민 아주머니 주스 한 통에 오예스 두 통 사들고
와서 추석 명절 잘 보내시라고 주고 간다
그 상황을 조장도 보고 했던 사항이라 뒷날 인수인계에서
비대면 퇴근이라 동 호수 적고 누가 준 선물이라고 메모까지
남겼건만 추석 쉬고 오니 B조 것이 안 보여 주변 찾아봐도
안 보여 조심스럽게 조장에게 물으니 왕짜증을 벌컥 낸다
어이가 없다
그러면서 조장의 역할에 대해 언쟁이 있었다
싸우면서 나이 적은 자기에게 욕먹으니 기분 좋나 하면서
쌍욕을 서로 나누면서 지껄인다 그러면서 이런 말까지 하네
추접게 초코파이 몇 개 가지고 빙신 새끼라네…
그래서 왈 하기를 빙신 새끼 너그들은 경비 10년 해도
초코파이 한 통 주는 사람 없다 하면서 되받아쳤다네
나이 적은 놈과 싸우면 나이 든 놈이 데미지가 큰 법이지만
오늘 살이 많이 떨린다…

회사에서 해마다 주는 선물 꼬라지라곤 맛김 여섯 개짜리 세 봉

단돈 천원짜리 대여섯 장도 안 되는 가격대에

그것도 선물이라고…

정말 한심한 작태다

이러한 이유에 아침 A 조장에게 전화하니

잘못 전달되었다고 서너 번 머리를 읊조리지만…

이런 더러운 밥벌레 인생에 추접 떤다는 말까지 들은 이상

내일 입주민이 선물한 내용 그대로 인수인계하시라고 전할 테고

돈 지출은 폐기물 남은 돈 A조 지급할 돈으로 충당하던지

조장 알아서 하시라고 전할 생각이다

정말 되로 주고 말로 받는다

계급이 깡패다

정문 경비설에는 조장과 둘이 근무하는지라
늘 문제가 발생하지…
둘 사이가 좋으면 그냥 넘어가지만은
조금 틀어지면 사사건건 부딪친다네
오늘도 아침에 출근하니 월요일이라
일요일 근무일에 컴퓨터에 많은 문제가 발생되었는지
조장 컴퓨터 앞에 앉아서 일을 보네
책상이 두 개라 오른쪽은 방문자가 오면 메뉴얼대로 해서
방문증을 자연스럽게 뽑으면 되지만
왼쪽 책상에선 업무 보기가 많이 불편하다
그때 방문자 진입해서 인터폰이 세 번이나 울리니
나에게 짜증투로 처리 안 한다고 말을 지껄이네
그래서 아니 이쪽은 자리가 불편하니 니가 하면 안되나
하면서 받아쳤다네
아침부터 급한 업무도 아닌 것을 가지고
5초도 안 걸리는 일을 가지고 아침부터 개지랄을 한다네
저쪽 조장놈은 무슨 놈의 조장이 벼슬인지 위세가 등등하고
이쪽 조장놈은 직장 상사에 대한 모독 운운하면서…

아이고 한심해라 무슨 놈의 경비 일에 따질 것 다 따지네

어쨌든 두 놈의 조장은 정말 특화된 경비원이라오

호칭도 부를 땐 조장이요

정문일지에 기재될 땐 반장이요

각동초소 호칭은 주사요

정문일지에 기록할 땐 대원이요

며칠 전에도 저쪽 특화된 조장과 호칭 문제로

실랑이가 있었건만 한두 번 주사로 부르더니

또다시 반장으로 호칭되는구나

정말 한심한 집단이다

우리가 단순하게 생각하는 주사란 호칭은 공직사회에서나

불리는 호칭이라 생각하는데 어느 아파트 경비원들에게

주사라고 부르지 않는다

오늘 아침 이 일로

아무리 계급이 깡패라고

그래도 나이라는 것도 있다 하면서

따져보면 나이도 깡패다

일갈하고 하루를 시작한다

오늘 태풍 난마돌이 오고 있고

하루가 많이 길~ 것 같다

- 2022년 9월 19일

인생人生 2

우리들은 싫든 좋든 부모님의 사랑으로
이 세상에 울면서 태어난다
태어나면서 부잣집에서 금수저로 태어날 수도 있고
학식 높고 빵빵한 교육자 의사 판사 집안에서 태어날 수도 있고
짠 내 나는 살림살이에 힘든 가정에서 태어날 수도 있고
여러 형태의 환경에서 태어난다
초등학교 시절은 훌륭한 어머니의 치맛바람 덕에
우등상 각종 상은 도맡아 차지하고
고등학교 시절은 그래도 자기 실력으로 대학에 진학하고
군대를 거쳐서 사회에 진출한다
물론 지금도 잘나가는 사회 고위층 집안의 자제분들은
각종 불법 스팩에 삐까삐까한 국회의원 나리들의 인사청탁에
부정 취업으로 각종 뉴스를 장식한다
30대에 진입해 경쟁사회에서 교직 공무원 사업 등으로
잘 풀린 친구도 있고 그럭저럭 회사 셀러리맨으로 살아가는
친구도 있고 사업으로 조금 삐까삐까 나가는 친구도 있다
동창 모임에 가더라도 눈에 보이게 조금 끼리끼리 모인다오
잘난 놈은 잘난 대로 살고 못난 놈은 못난 대로 살아간다

이렇게 세월은 공평하게 흐르고

60대에 진입하면 이제는 모든 것을 내려놓아야 할 시간…

인생은 조금 평범해진다

그러면 그 수많은 동창들 모임에 코빼기 한번 안 내비치던

동창놈이 어느 날 갑자기 출현한다

물론 유유상종이라 자기네들끼리는 알고 지냈지만…

이게 인생이다

요즘 굴러다니는 명언 중에

60대는 배운 놈이나 안 배운 놈이나 똑같고

70대는 마누라 있는 놈이나 없는 놈이나 똑같고

80대는 돈 있는 놈이나 없는 놈이나 똑같고

90대는 공동묘지에 있는 놈이나 집에 있는 놈이나 똑같고

100세는 공동묘지에 있는 놈이 집에 있는 놈보다 훨씬 행복하다

이렇듯 인생은 별기 아니더라

둥글게 살다 가자…

시간은 자꾸 가는데

구월도 막바지에 치닫고 있고
한달 전에도 사직서까지 쓴 놈이 위쪽에서 자기를
잘 봐 주시어 자기는 잡고 나를 자르려고 했다 하면서
보낸 세월이 또 한달이 게으르게 느릿느릿 흘러간다
이달 중순 입주민이 준 선물 문제로 둘이 부딪쳐 싸운지라
두 반장들에게 이번에는 둘 중에 한 사람은 그만둔다고 결기를
뽐내 썼더니만 이달 말이 계약 종료일이라
재계약을 안 하려면 통보가 와야 정상인 걸 열흘을 남겨준
이 시간까지 아무런 비보가 없네…
역적 죄인이 형장에서 사약을 기다리는 심정으로 체면에
표정은 온화하게 조금은 언짢은 얼굴로 근무에 임하건만
하루하루가 너무 게으르게 느릿느릿 흘러간다오
초소 근무는 혼자서 24시간을 있다 보니
혼자서 북 치고 장구 치고 해도 표가 안 나지만
정문 근무는 둘이다 보니 둘 사이가 밀월 관계 때는
나름 요령도 피우지만 이놈의 둘 사이가 금이 가다 보니
자기 나름대로 근무수칙을 지킨다고 해대니 하루가 너무 길다
개인 휴게시간 지우고 입초·순찰 등등 아무리 빼고 해도

네 시간을 둘이서 비벼야 하루가 지나간다
40년 전 군대생활 시절!
"휴가는 꿈이요 제대는 전설이라"
"세월아 구보하라 청춘아 동작 그만"이라는
명언이 새삼 되살아나네…

백일기도

연초 거창하게 세워놓은 임인년 결의!

벌써 낙엽 지는 소리에 그냥 덧없이 흘러버린 시간에 이제

임인년壬寅年도 백 일을 남겨놓은 시점

흘러간 시간 과연 나는 무엇을 했을까 하고

하늘에 대고 물어본다

퐁당퐁당 출퇴근에 쉬는 날은 술 한 꼬푸 하고

동창들 만나서도 한 꼬푸

직장동료들과 한 꼬푸

주변인들과 한 꼬푸!

내 머릿속엔 기쁜 날이든 슬픈 날이든 싫든 좋든 간에

한 꼬푸로 끝나는구나

우리 인생!

좋던 게 싫어지고 싫던 게 좋아진다면

내가 나이가 들어서 그런가

생각하고 환갑을 맞이하는 해 인지라

모임에 가면 조금 세게 계획을 세웠던 일…

외국은 못 가더라도 제주도 정도는 결기 있게 가자고

외쳐댔지만 이것도 흐지부지…

이 일도 직장이라 매이다 보니 같이 한 대를 살아온 부인과도

그 흔한 외국 여행 한번 못 가보고 허송세월…

정말 이룬 것 없이 세월은 흘렀구나

직장이라고 나와도 두서너 달은 서로 반목하면서

서먹서먹 지내고 이게 아니라고 되뇌지만

또 되풀이되는 인생사가 한심한 작태로다

이제 임인년 우리 해도 백 일을 남겨놓은 시점

100일 챌린저로 한 해를 마무리해 보자는 목표를 세워보지만

계획은 무無계획!

정말 괜찮은 계획이다

조금 바람이 있다면 석 달짜리 계약이 연장되어

임인년을 마무리하고 새해를 맞이하는 최상의 시나리오…

10월 초 친구들 모여 잘 의논해서

동창들과의 환갑 여행 정도 가고

아들딸 우리 가족 무탈하고 한 해를 마무리하는 것

이게 백일기도라네…

또다시 기칭한 계획은 다음 해로 미루고 위안을 삼는다

- 임인년 구월 이십삼일에

111

33주년

인생을 살아오면서 10월만큼 설레던 달이 있었던가
계절적으로 10월은 오곡백과가 익어가는 수확의 계절이요
중순으로 접어들면 설악에서 시작된 단풍이 울긋불긋 화려한
색채로 절경을 이룬다
이내 인생도 33년 전 10월 1일!
둘이가 하나가 된 뜻깊은 날이라오
사회 초년생으로 시작도 알 수 없었고 끝도 알 수 없는
기나긴 터널 속으로 들어갔지요
이렇게 살아온 지도 33년째가 접어드네
삼 년 전 술 한잔 같이하고 나오니 분수대 광장에서 노래하는
유튜브에 노래 한 곡 신청하고 기다리니 진행자 아가씨가
멘트를 날리기를 여기에 나오신 분 중에 제일 오랫동안
결혼 관계를 유지하고 있는 분이라는 말이 기억나네…
정말 세월은 많이 지난 것 같다
이룬 것 없이 말이다
내일 9월 마지막 날!
아침 퇴근해서 걸기 있게 부인에게 제안할 예정이다
필요한 게 뭐냐고…

이렇게 눈도장 찍는 일도 마지막이라고 다짐도 받고
맛있는 식사도 하고…
백년도 못 살 인생 무엇을 생각하리오
그 날 그 날 기분 좋게 살아가는 게 최고의 삶이지
내일 일은 내일 생각하고
오늘은 오늘 일만 생각하면서 살자구나

죽기 좋은 날

가을바람 소슬히 불어오고
주변 낙엽은 뒹굴고 있네
조석으로 입초서니 제법 쌀쌀하네
이렇게 춥지도 덥지도 않은 날씨
부지런한 자에게는 일하기 좋은 날이고 게으른 어중개비는
막걸리 한잔 찐하게 걸치고 낮잠 자기 좋은 날이다
살아있는 자는 금수강산으로 살 만한 시절이요
죽는 자는 이 좋은 계절에 만산홍엽에 묻히기
딱 좋은 날이구나

이 말은 아메리카 원주민 추장 타슈카 위트카가 백인에게
단검에 찔려 살해당하면서 "죽기에 딱 좋은 날이군!"
하면서 죽었다지…
영화에서 어느 날 조직 보스가 자기 밑에 부하에게
배신당하면서 모든 권한을 빼앗기면서 텅 빈 사무실에
혼자 밖을 바라보면서 담배 하나 꼬나물고
거 죽기 딱 좋은 날씨네 하면서 혼자서 읊조리지…
이렇게 조폭들 세상에도 모든 것을 부리던 부하에게 뺏겨도

쿨하게 인정하고 하는데…

이놈의 보잘것없는 인생은 서로 반목하면서 힘들게 사는구나

오늘 반성 좀 많이 해야겠다

"이게 뭡니까!"라는 명언을 남기고 세상을 떠난

김동길 교수의 명복을 빌면서…

- 2022년 10월 4일

삼강칠성三姜七性

삼강三姜은 강씨 성을 가진 세 명의 대원들이요
칠성七性은 각기 다른 성씨를 가진 동서김하진최정 칠성이다
나이는 60대가 네 명이요
50대 중반이 둘이요
50대 초반 네 명이 주류를 이룬다
이렇게 각기 다른 인사들이 모여서 각자 묘기를 펼쳐쌌는다
다 하는 일이라곤 거기서 거기인데…
우리 쪽 네 명 모이면 그래도 가십거리가 생기는 법이고
어느 누구는 개인 노트북에 하루 종일 매달리고
소장놈이 와도 모르고 들키면서 근무에 임하고
어느 누구는 초소 옮겨 너무 부지런한지라
한 길 도로 가로수 낙엽까지 쓸어 주고
제각기 몸에 밴 부지런함으로 전장 구석구석을 누비는구나
이 몸도 두 고을을 통치하고 있는지라
제일 큰 일주문 입구 청소는 나의 몫이요
각종 허드렛일은 도맡아 하고 있다오
변방 초소는 넉 달마다 순환보직으로 각종 혜택을 누리지만
일주문 어중개비는 그 많은 각종 수당도 없이

할 일 다 하면서도 천덕꾸러기 신세라네…

수놈 둘이서 입 처닫고 있다 보니

입안은 공팡이 냄새로 진동하고

사무실 공기는 탁하고 매스꺼워서

내방객들에게 민폐를 끼치는구나

이것 또한 인사두겁을 쓰고 해서는 안 될 일인데

이것도 전쟁이라고 질 생각이 전혀 없네그려

오늘 아침도 초소 이동하고는 첫 입초근무라 조장 왈

○○ 반장에게 30분씩 서라고 명령을 내리면서 관리실로

상황판 들고 가니 또 구시렁 씨부렁대면서

왜 빨리 가는대? 하고 묻네

그래서 일갈하기를 두 우두머리는 소장놈 꼬봉 아니가 하면서

턱 빠지게 크게 웃는다

삼강칠성三姜七性!

이 글은 사자성어四字成語가 아니라오

- 2022년 10월 5일 오전

추억

지나고 나면 다 아름답다
좋았던 추억
안 좋았던 추억
이런저런 이유로 헤어진 추억
서로 옥신각신하면서 싸웠던 추억
사랑하지 않는다면 관심이 서로 없는 법
현재에 만족하면서 살자
욕심을 부린다고 이루어질 일이라면
그 누가 목숨 걸고 안 달려들 사람 없고
또 쉽게 이루어진다면 이것도 재미없는 법
헤어질 사랑이라도 열심히 사랑하고
떨어질 꽃이라도 무조건 피는 법
늦게라도 추억을 만들면서 살자
인간은 추억을 먹고사는 동물이라지 않나
오늘 쌍십절!
우린 또 다른 추억을 만들기 위해 우린 진주로 간다
아득한 41년 전 진주에서의 추억!

개천예술제…

유등축제…

남강다리 밑…

밤하늘

어릴 적 시골에서 자랄 적
밤하늘에 그 수많은 별들은 어디로 갔을까
도시에서 삶에 찌든 생활인지 바쁘다는 핑계인지 몰라도
밤하늘에 별도 달도 보지 못하다가
오늘 밤 달을 보았네
초저녁 별도 듬성듬성 두서너 개만 보이고
밤하늘에 붉은색 달이 떠 있네
달과 같이 술 마시고 노래한
이태백과 한잔 기울이는지 달도 붉게 물들었네
세상 사람들이여…
세상살이 바빠도 한번쯤
밤하늘에 별도 달도 한번씩 보고 살자

- 2022년 10월 8일

가을산

고운단풍 물들어도
술없다면 안타깝고
술있어도 벗없으면
이거또한 어찌할꼬
세상살이 힘들어도
따져보고 할것없이
산에올라 술진들고
길게한곡 뽑아보네

오지랖

10월 중순에 접어드니 조석으로 제법 날씨가 쌀쌀하다
남들은 9월 말부터 춘추복을 입고 근무를 하고 있건만
어중개비 이내 인생은 옷이 없는지라 하복에 조끼 걸치고
입초를 서니 제법 춥다오
조장이란 자도 옷이 없는지 온라인 쇼핑으로 색깔만 맞추어서
긴소매를 입고 조끼를 걸치고 근무한다네
거기서 더 나가 아침엔 추운지 검은색 잠바에 난리 치고 있다
그것도 9월 말부터 모양 안 나게…
입사를 해도 옷을 지급안하고 남이 입던 옷을 물려받아서 입고
근무하니 너무 낡아빠져서 버렸더니 이 지경이 되었네
열흘 전에 생각도 못 했는데 근무복을 신청하더니 비로소 오늘
택배로 배송되어 옷 왔다고 귀띔을 해줘도 고참 조장이
휴무일이라 개봉하지 못하고 선반에 모시어져 있네
나 역시 오후 입초 설 시간까지 아무런 내색도 않고 있으니
우리의 K대 출신이 입초 서러 와서는 날씨 추운데
왜 반팔이고 하면서 보는 사람이 춥다고 일갈하네
아이구나 울고 싶은데 뺨까지 때려주네그려
그 말에 대꾸하기를 비곗덩어리 많은 인간은 심지 굿고

불붙이기도 석 달은 족히 탄다고 이야기하고 둘이 나가면서

왜 옷이 왔는데 하면서 이야기를 이어간다 이에 또 받아주기를

왕 조장이 먼저 봐야 한다면서 대화를 끝낸다

이런 상황인데도 무슨 놈의 위계질서인지…

상관에 대한 예우인지 눈치를 본다오

나이가 다섯 살이나 위인데 그것을 떠나서 옷이 없고

날씨가 추우면 꺼내어서 입히면 될 일을…

정말 한심한 작태라오

오늘도 둘이 앉아 업무를 보는데 정문에 방문자 차량 처리하느라

바쁘고 다른 초소에서 노란 학원 차량이 인터폰 와서 받으니

상황을 보니 열어줘야겠다고 판단하고 앞으로 정문으로

오시라고 정중하게 읊조리고 오늘은 뒤차 때문에

열어 들인다 하니 바로 면전에서 짜증이 섞인다오

그래서 조용히 대꾸하기를 여태까지 안 그랬다 하면서

학원 차가 거기로 잘 안 다니는데 하니 자기도 조금 미안했는지

우리가 한 일은 내일 저쪽 조장이 확인하니

어쩌고저쩌고하면서 소장놈이 일일이 체크한다고 하네

누가 그 일을 모르나…

미친 짓거리를 두 달째 하고 있는 일을…
가히 공포의 삼각편대가 날뛰니 아이고 힘들어라
오늘 출근해 경비실로 들어서니 반갑습니다로 큰소리로
인사해서 받는 것도 있으면 주는 것도 있어야 될법
오늘 많이 참고 인내했다오 날씨도 추운데
왜 와 있는 옷 안 주나 하면서
내가 박스 뜯어서 입고 해도 될 일인데도
그러면 괜히 또 분란 아닌 분란이 한바탕 일어날 테고
오늘 많이 인내했다
참으로 직장생활 말년에 빡세게 한다오
오늘도 내일도 인내하자!
참을 인忍 셋이면 살인도 면하는 법!

- 10월 중순에

버킷리스트

다니던 회사 정년 하면 조금 살아봤다는 얘기일 테고
앞만 보고 무식하게 달려온 대부분의 우리들 인생!
1960년대 초반에 태어난지라 농촌 출신들은 더욱더 힘들었지
구구절절 그 시대상을 설명 안 해도 책에도 많이 언급되어
더 이상 이야기해 본들 우이독경이겠지
여하튼 우리들은 힘들게 살아왔다오
그래서 그런지 TV마다 지역 맛집 프로 보면
하나의 버킷리스트가 되곤 하지…
60 넘어 이제야 그 꿈을 실현하기 위해서
작은 발걸음을 내디뎠다네
지방에서 유명한 진주 유등축제 첫~날
배도 좀 비우고 현장에 도착해서 시장 맛집 접수하고
행사장에 갔다오
조금 걸었더니 난 괜찮은데 같이 다니는 부인은
체력에 부딪힌다네 다리도 아프고 발바닥 물집이 생겼다나
어찌 발바닥의 물집을 보면서 서정을 이야기할 수 없는 법이라
조금 눈치를 본다오
별것도 아닌 것을 가지고 언제나 옥신각신하고

별것도 아닌 것을 가지고 내가 너무했나 싶다가도

이해가 안 갈 때가 자주 있곤 하지요

이게 우리 살아가는 묘미랍니다

인간사는 세상 언제나 분쟁과 다툼이 있기 마련이고

둘이서 조금씩 이해하면서 살아갑시다

내 마음이 이렇다는 것을 보일 수 없으면

당신이 무얼 생각하는지도 알 수 없지요

이것 또한 인간 사는 세상 묘미가 아닐까요

세상일이 나 바라는 대로 내 생각대로 살아갈 수 있다면

이것도 너무 재미없지요

시간은 째깍째깍 흘러 저녁 시간

축제 첫날이라 인산인해를 이루었고 유등 터널 걷고

우리가 달아놓은 가족 이름이 새겨진 유등도 영접하고

부교를 건너서 오니 힘들어서 포기하고 시장에 가서

식사에 술이나 한잔하지 하면서 포기하는 찰나

그래도 조금 아쉬워 행사장으로 들어갔다오

조금 있으니 그 순간 상황은 역전되고

밤하늘을 수놓은 레이저쇼에 감탄하고 잠시 뒤

촉석루 강변에서 펼쳐진 불꽃쇼까지 눈을 호강시키는구나

옥신각신 티격태격한 순간도 하나의 역사요

그 짧은 순간 다시 회군해서 현장에 있었던 것도
또 하나의 역사다
정말 순간의 선택이 오늘의 첫 인생 버킷리스트를
빛나게 하는구나
시내에 나와서 허기진 배 조금 채우고
심야 버스에 맞춰 이름도 훌륭한 '박사치킨'에서
치맥 한잔 거들고 우리의 보금자리로 왔다오
오늘의 총평은 100점 만점에 하나를 더 얹어주고 싶다
내 생각이지만…

이런 사람으로 살자

세월이 흐를수록
욕심도 줄이고
성냄도 줄이고
말수도 줄이고
몸무게도 줄이고
생각도 줄이고
걱정도 줄이고
살림도 줄이고
또
자식들에게 바라는 것도 줄이자
이와 같이 살아갈 수만 있다면
어느 누가 위인이고 도인이고 스승이고 안 될 리 없겠지만
조금 살아 봤더니 생각이 조금 바뀐다네
옛날에는 쓸데없는 고민에 가슴을 졸인 적도 있었지
지나고 나면 아무 일도 아닌 것을
열심히 산다고 해본들 거기고 조금 어영부영 살아간들 거긴데
우린 이렇게 살아왔다
이제 황혼이 질 무렵

우리는 줄이면서 살자

후세에 잘은 못 살아도 열심히 살았다는 얘기를 듣고 싶다

그리 살자

일생

인간은 만삭이 된 둥글고 아늑한 집에서 알몸으로 모두가
울면서 태어난다
너도 울고 나도 울고…
네 발로 엉금엉금 기면서 아장아장 걸어 다니면서
엄마 아빠에게 기쁨을 주곤 하지…
어린이집 유치원을 다니면서 병아리 같은 노란색 옷을 입고
노란 학원차에 태워주면서 이산가족 이별하듯
하루를 시작한다
정말 아침에 학원 보내는 장면은 눈물 없이
보기 힘든 아침 풍경이다
입영열차에 실린 애인을 보내듯 창에 손을 대고
흐느끼듯 이별한다
자기 머리대로 열심히 공부해서 대학에 진학하고
대학 졸업하고 남자라면 힘든 군대 생활 마치고
사회에 진출해서 각자 능력을 발휘하면서 결혼도 하고
열심히 생활해 애들 키우고 공부시키고
고생 끝나나 싶으면 나이는 들어있고 힘은 부딪히고
천덕꾸러기가 되어간다

이쯤에서 우린 어떻게 살아야 정답일까?

정말 어려운 질문이고 답이 없다

모두 다 자기 능력치보다 나름 열심히 살아왔다

그렇지만 결과는 천차만별이다

잘사는 놈 못사는 놈 확연하게 구분되고 회사 정년 하면

조금 살아봤다는 얘기일 테고 환갑 넘으면

많이 배운 놈이나 적게 배운 놈이나 자리에서 물러난다

거의 다 이태백이 아닌 육태백이 된다

육십 대에 태반은 백수인생이다

몇 년 전까지만 해도 만 원짜리 한 장이면 돼지국밥에

소주 한 병 마시고 흥얼거렸는데

요즘은 국밥도 팔구천 원에 소주 한 병 마실 수도 없다

좋은 시절은 물 건너가 버린 지 오래고

산업화 시대에 허리띠 졸라매고 배곯아가면서

열심히 살아왔건만 인생무상이다

정말 힘든 인생살이 이래도 힘들고 저래도 힘들다

힘들게 살아온 우리 세대들의 인생살이 위안받으면서

살기는 어려운 세대···

정말 수고 많았노라 열심히 살았노라

노년의 행복을 빌면서···

시장 풍경

어릴 적에는 장 구경 간다고 했지
엄마 손잡고 갔던 아련한 추억
내가 태어난 시골은 5일마다 장이 서고
인근 지역에서는 제법 큰 5일장이다
시장 입구 양쪽 도로에 다라이에 생선 나무상자가
바닥에 널려있고 실장어 대합 바지락 등을 팔고
각종 생활필수품 지게부터 바자리 소쿠리 빗자루 되박
효자손 주걱 등등 만물상이었지
도로마다 시골에서 농사지은 농산물에 봄이면
쑥 냉이 등 각종 나물도 캐어와서 돈 한푼 만들어 보려고
기약 없이 앉아 있는 풍경은 초라했지
조금 안으로 들어서면 미전이 펼쳐져 있고
그 당시에는 방앗간에서 방아를 찍어서 시장에 내어다 팔면
되쟁이가 되박 말통에 쌀을 부어 막대로 고르고 남은 쌀은
되쟁이에게 수고비로 돌아간다오
그러면 옆에 자루에 조금씩 모아주고 시장이 파할 무렵이면
자루에 제법 차서 머리에 이고 집으로 간다
미전도 대여섯 군데가 되고 철길 옆으로는 잡아온

붕어 잉어 가물치 민물장어 메기 미꾸라지 등 펄떡펄떡
뛰어나와 바닥에 파닥거리고…
미꾸라지놈도 뛰쳐나와서 온몸에 흙으로 두르고
재미있는 풍경이었지 옆엔 생닭을 팔고 큰 도마에
토막을 내어주고 칼은 왜 그리 커던지 조금 더 가면
뻥튀기 기계에 아저씨가 뻥이요 하면서 요란하게
호루라기 소리 들려오고 귀를 막고 뻥 하면 귀가 얼얼 그랬지
기찻길 다른 편에는 생선상자로 자판을 만들어
칼치 고등어 조기 민어 등 생선 자판이 줄지어 서 있고
한쪽 옆에선 식사도 제때 못해 오봉에 배달된 밥상으로
식사를 하고 술도 한잔하고
또 다른 구석에선 벌써 술에 취해 횡설수설하는 아저씨도
간간이 보이고 생선 가격도 깎으면서 한 마리 더 얹어달라고
흥정을 하고 정말 사람 사는 세상이었지…
지금도 한번씩 시골 가면 옛 생각에 장에 들려 간단하게
요기도 하고 이것저것 물건을 사기도 하지요
오늘 마침 5일장이라 재래시장에 들려 장 구경 하니
사람들로 북적대고 아버지 생선 파는데 젊은 친구 옆에서

일 배우고 다른 오뎅 파는 곳도 젊은 친구가 붙어 있다
직업에 귀천이야 없겠냐만 그래도 가슴이 아프다
이게 요즘 시장 풍경이다
조금 전 뉴스에서 술 담배 소비가 역대 최대라는
소리가 들리고 출생률은 최저고 사망자수는 사상 최대라는
뉴스가 흘러나온다
이게 2022년 10월 말 풍경이다
가슴이 짠하다
너무 힘든 세상이…

가을 1

또 가을이다
쓸어내고 쓸어내도 어김없이 찾아오는 가을
우리에겐 또다시 낙엽과의 전쟁이다
여기 와서 두 번째 맞이하는 가을
남들은 낙엽이 좋아서
단풍이 좋아서 전국 명산을 찾아다니고
또 다른 세상에선 천덕꾸러기라네
이렇듯 나에겐 천덕꾸러기지만
다른 이에겐 한없이 좋은 구경거리지
그래서 10월의 마지막 빨간 날
우리 임인년생들은
내장산으로 단풍놀이 떠난다오
환갑을 맞이한 우리들의 가을⋯

사진

사진의 역사는 얼마나 되었을까

130여 년 전 사진기가 나오면서 사진의 역사가 된다

어렸을 때 시골집에는 조금 사는 집이면

큰방엔 할아버지 할머니 사진이 걸려있고

흑백사진에 얼굴은 근엄하게 한결같이 굳어져 있고

밤이면 조금 무서운 분위기를 연출했지…

대부분 환갑 때 찍은 가족사진이 걸려있고 조금 세월이 흘러서

손자 손녀도 큰 액자에 걸려 안쪽 벽면을 꽉 채우고 있었고

못사는 집은 그런 사진도 보기 힘들었지

이게 1970년대 시골집 농촌 풍경이었다오

개인적으로 우리 가족이 사진에 찍힌 게 할머니 환갑잔치에

찍히고 병풍을 잡고 서 있는 모습이 찍힌 게 전부라오

이게 1970년대 생활상이라오

그러다 중·고등학교 거쳐 고2 때 여행지에서 학생복 입고,

소풍 가서 교련복에 찍힌 사진이 제일 오래된 인생 사진이라오

4남매가 백일 돌사진이 없으니 정말 사는 게 힘들어구나

싶지만 막내가 아홉 살이나 어린데도 흔한 돌사진이 없다네

이렇게 살아온 세대다 보니 자기가 열심히 안 하면

살기 힘든 시절이었지…

"태어나 보니 잘 사는 나라이기에 당연한 줄 알았다"는

MZ세대의 외침이 우리 나이에 신선한 충격을 준다네

정말 부모 세대들이 얼마나 힘들게 살아왔는지 모르고

흥청망청 돈을 쓰면서 부모덕에 힘들이지 않고

살아가는 친구들도 있지만

또 한편에선 부모 찬스 없이 힘들게 살아가는

젊은 친구들도 많이 있지요

오늘 문득 옛날 사진이 걸린 시골집 풍경이 그리워지네

대청마루에 걸린 빛바랜 오래된 사진이…

오래된 사진첩을 보면서 눈물짓는다

즐겁고, 슬프고,

힘겨웠던 지난 시절들…

빛바랜 사진을 보면서 옛 생각에 잠긴다

싸움

인간 사는 세상엔 언제나 다툼과 분쟁이 있기 마련이지
부부간에도 잘 지내다가 좋은 기분으로
술 한잔하는 자리에서도
별것도 아닌 것을 가지고 옥신각신 다투지
모든 싸움에는 정말 사소한 것으로부터 시작되고
지나고 나면 유치하고 모양이 안 난다오
자기 딴에는 할 만큼 한다고 하는데도
상대방 입장에선 안 그럴 때가 있듯이
나 역시도 그런 생각이 들 때가 있지요
상대방의 속마음을 너무 잘 이해한 삼국지의 양수는
조조가 내뱉은 계륵이라는 전대미문의 말을 듣고
철수를 생각하고 철수 준비를 하라는 명령을 내려
귀한 목숨을 잃지…
이렇듯 상대방을 너무 잘 알아도 큰 문제가 발생한다네
같이 일하다 옥신각신 크게 다투고 두어 달째
별다른 대화 없이 지내다 보니
내가 먼저 손을 내밀려고 마음먹어도 쉽지 않네
직장생활이 아무리 계급이 깡패라도

인간 사는 세상 나이도 깡패라오

정말 얼마 남지 않은 직장생활 이게 아닌데 싶다가도

선뜻 굽힐 생각이 없구나

이래도 시간은 가고 저래도 세월은 흐르고

싸우기는 쉬워도 화해는 어렵더라

내장산

이른 아침 관광버스 타고 룰루랄라 여행을 떠난다
준비한 음식물 발발이 차에 싣고서 고속도로로 달려 달려
도착하니 인산인해에 인산차해구나
단풍철이라 네 시간을 달려서 도착하니 케이블카도 붐비고
택시로 관광가이드 겸 정상 부근까지 올라 구경하고 내려와서
내장산도 식후경이라 비빔밥 맛나게 한 그릇 뚝딱 해치우고
재밌게 놀았다네…
내장산은 조선 8경 중 하나요
호남 5대 명산 중 하나라네
산 안에 숨겨진 것이 무궁무진하다 하여
내장산이라는 이름으로 불리게 됐다네
오는 길에 담양 죽녹원에 들러 힐링하고
소쇄원도 둘러 보고…
정말 뜻깊은 환갑년 동창 단풍놀이는 너무 즐거웠다네
인생 별거 있더냐
이렇게 즐기면서 사는 게지
노세 노세 젊어서 노세 하는 말도 있듯 이 나이에도
벌써 걷기 싫어하고 관절이 아프니, 힘들다 하니

인생무상을 느끼게 하는구나

좋은 시절이여!

영원히 멈춰다오…

직업에 귀천은 있더라

우리는 듣기 좋은 말로 직업에 귀천이 없다고들 한다
사람 위에 사람 없고 사람 밑에 사람 없다고들 떠들어댄다
고위직에 있는 놈들도 자주 언론에도 비치는 놈들도 택시 타고
요금 문제로 두들겨 패고 운행 중에도 비싼 술 처자시고
목덜미를 잡고 때리고 문제가 발생하면 덮으려고 편법을 쓰고…
경찰서에 가서 뒤비자고 일어나 하는 말이라곤 내가 왜 여기서
잤지 하면서 지껄이는 고위직 놈도 뉴스에 등장하고…
이렇게 당하는 인간들도 입주민 전용으로 들어와선
빵빵거리면서 경비원은 자기들보다 더 하찮은 존재로 여기고…
대부분 운수업에 종사하는 인사들은 성질머리가 개판이라오
오늘도 사람 태우고 빵빵거리길래 둘이 앉아 있으니
눈치도 보이고 나가서 방문자 방면으로 유도하니
개 같은 성질을 낸다네
왜 짜증을 내나 하니 옛날에도 안 열어주니 하면서 투덜거린다
타고 있는 사람이 입주민인지 방문객인지 모르는 상태에서
왜 짜증부터 내나 일갈하니 입을 다문다네
한 달 전까지도 택시도 어디 가나 묻고 해서 차단기 열어주고
말이 많으니 언제부턴가 택시는 방문증 발급 누르고

취소 누르면 기록이 안 남게 열어줘라는 명령이 떨어지고
정말 한심한 작태다
택시는 차 번호판만 봐도 식별이 가능한데…
동대표놈들 등살에 관리소장가지 합세해서 아침마다
입출차 내역 기록 뽑아서 경비조장 하나하나
기록하고 결재서류 올린다네
조금 힘들게 사는 직업들 열어주려고 해도
컴퓨터 기록에 남으니 절대 못 열어준다네
경비원이 심하게 욕을 얻어먹으니까
다른 두 곳 출입문 인터폰 오면 방문자는 무조건
정문으로 오시라 하고 그러면 시비도 일어나고…
인간사는 세상 중도 중 나름이고
목사도 목사 나름이라는 명언이 있지요
어떤 직업에 종사하던 자기 행동에 달린 건데
꼭 몇몇 인간들 때문에 그렇지 않은 훌륭한 사람까지도
욕을 잡숫는다네
운수업에 종사하는 분들 너무 욕하지 마십시오
어느 직업인들 이런 인간들이 존재한다는 것이지

다 그런 것은 아니라오 이렇게 정문에 근무하다 보니
별의별 인간군상을 접한다오
'직업에는 귀천이 없다'라고 말하는 사람의
말과 행동이 일치되는 사람은 절대 없다오
이렇게 정문에 근무하다 보니 별의별 인간군상을 다 보네요
사람에는 귀천이 없고, 직업에는 귀천이 없다
이 말은 세상이 천지개벽을 하더라도 절대 변하지 않는
불변의 진리라네…

사람에도 귀천이 있고, 직업에도 귀천은 있더라

가을 2

창밖 상가 벚나무 세 그루
가을이라 자기도 질세라 울긋불긋 단풍이 들었네
고운 단풍은 아니지만 거칠게 물든 단풍이
투박해도 보기가 좋네
우리에겐 낙엽은 원수같이 보이지만
가끔 서정적일 때도 있지요
저절로 가을바람 불어와서
아스팔트 위 낙엽을 쓸어 주고
낙엽은 떨어져 가을은 무르익어 가고…

프로필

인물의 약력을 기록하는 프로필
프로필은 개인의 경력과 형편을 상세히 적은 것이다
우리 인생 다니던 회사 정년하고 본인의 프로필을 작성하려면
무엇을 적어야 할까
이내 인생에겐 정말 어려운 숙제다
젊은 시절 회사에 취업하려고 수많은 이력서를 제출했지
○○초등학교 졸업으로 시작해서 중·고등학교 기재하고
최종 ○○대학교 졸업으로 끝내고
조금 가라 경력도 써넣고 각종 상장받은 거 기재하고
없는 자격증 한두 개도 써넣고
○○부대 만기 전역으로 피날레를 장식했지
평범하게 살아온 우리들의 인생사
과연 프로필을 다시 쓰라면 무엇을 써야만 할까
정말 난감하네…
이렇게 덧없이 살아온 나의 인생사 한심하다는 생각밖에
안 드는 참담한 현실 앞에 고개를 떨군다
같은 시대 50, 60년대 초반에 태어난 청춘들이여
누가 뭐래도 그래도 우리는 열심히 살아왔다는

자부심을 가지고 남은 인생도 열심히 즐기면서
스스로에게 보상받으면서 살자구나
힘든 여건이지만 다 마음먹기 나름 아니겠나
없으면 없는 대로 있으면 있는 대로…

또 연말이다

멍청하게 앉아 있으니 전화벨 요란히 울려대네
각 동 게시물 나와 있다고 연락 와서
각 초소 배분해서 전달하고
영리한 김 반장 게시물 보더니
경비원 미화원 임금조정 건의안이 들어있다네
보는 순간 또 연말이구나 생각이 드네
최저임금이 오르다 보니 연말이 되면 경비원을 줄이자는 말은
해마다 되풀이되는 연례행사라오
경비원들 일 안 하고 노는데…
초소 하나는 없애자는 등등
해마다 되풀이되는 옹알이라오
일천 세대가 넘는 단지에 다섯 명 인원으로 근무하건만 해마다
이 말을 짖어댄다오
최저임금이 안 오르면 될 것을 괜히 올려 분란을 주네
올라 본들 휴게시간 30분 더 쉬게 하면 될 것이고
경비원들은 개인 휴게시간을 초소 내에서 쉬게 하니
실제로 개인 휴게도 아니라네
그냥 그러려니 하면서 살고 있건만

되로 주고 말로 받는다네

훌륭하신 동대표님들이여 자중하시게나

당신네들 모두 정원 미달에 감투 쓰고 있지 않은가

2년간 입주민 위해 살기 좋은 아파트 만들기 위해 봉사한 공이

지대하니 만족하고 이제는 물러섬이 어떤지…

연임하려고 용쓰지 말고…

당근 거래

세상 살아가는 방법도 여러 가지네
정문 경비실에 멍하니 앉아 있으면 불쑥 문을 열고 들어와서는
조그만 가방 하나 맡기면서 당근이라고 하고 포스트잇 달라고
해서 주면 몇 동 몇 호 기재하고 붙여 놓고 폰으로 사진까지
찍어두고 나가면서 하는 말이라곤 가져갈 때 떼고 주세요…
방문자 코너에서 인터폰 눌리면 어디 가느냐고 물으면
조금은 퉁명스럽게 당근 거래하러 왔는데 문 좀 열어주세요…
거의가 젊은 층이라 보니 우리들이 보는 견해는
조금 싹이 없고 대부분 왕싸가지라오
이것도 편견인지 꼭 거래하는 사람이 자주 이용한다네
아침 출근 시간에도 겉모습은 직장에 나가야 하건만
차량을 도로에 정차한 채 비상 깜빡이 넣어놓고
앞 벤치에서 조금 설한 여성과 젊은 남성이 거래를 하네…
옛날 영화에서 보는 장면도 아니고 거래하고 휴대폰으로
입금하는지 꿈지락거리고 유유히 사라진다네
한결같이 자기 생각대로 자기 편한 대로 남 배려 없이
자기 꼴리는 대로 살아간다오
이게 비단 내 생각만이 아니라네 이 분야에서는

자주 이런 일을 당해 본 사람만이 이렇게 이야기하면

옆에서 들어주는 사람은 뭐 그런 일로… 쉽게 애기하곤 하지

모두 다 입주민과 연관된 일이라 함부로 막 대하지 못한다네…

이게 경비업무 끝이 없는 길이라오

우리가 이런 일까지는 할 필요가 없는데도 복잡하고 아리송한

세상일이라 먹고사는 직업상 외면을 못 하네

아이고 힘들어라 당근 거래…

앞으로 어떤 형태의 거래가 생길지…

꿈

어릴 땐 목장을 가지는 게 꿈이었지
소 한 마리가 재산이었던 시절
과수원이 딸린 집에서 살면서
과수원 주인이 되는 꿈도 꾸었지
태생이 시골 출신이다 보니
꿈도 소박했었다오
세월은 흘러서 젊음은 가버렸고
이제는 몸뚱아리도 옛날이 아니구나
동창놈들 단풍놀이를 갔건만
모두 다 힘들다고 산 오르는 것 겁을 먹네
하루 종일 산을 봐도 산이 싫지 아니하니
산을 사서 노닐다가 늙어가고 싶어지네

겨울나무

나무야 나무야 겨울나무야

올여름 그 무성하던 푸르름을 뽐내던 모습은 어디 가고…

너를 보고 찾아오던 매미들 새들 인간들

모두 자취를 감췄구나

간혹 까마귀 떼 날아와 앙상한 가지 위에 앉은 모습이

너를 더 처량하게 하는구나

그러나 나는 너를 안다

여름 그 무성하던 잎을 떨어뜨리고 봄에 새싹을 돋우기 위해

새 꽃을 피우기 위해 하는 자연의 이치라는 것을…

너희들이 오래 사는 것은 그 무성하던 잎을 다 떨어뜨리고

봄에 새싹을 돋우기 때문이지

만물의 영장이라 자랑하는 이 인간들도 못 하는 불변의 진리를

이 인간들은 막무가내로 치닫는다오

나무야 나무야 겨울나무야

내년이 올지는 모르겠지만

다시 한번 니의 늠름한 자태를 보고 싶구나

업무 분담

대원 연차일에 업무 분담 다 자기 할 말은 있나 보네
얼마 전 대원 연차일에 늘 하던 카톡 안 하고
초소 대원에게 전화 한 통 나에게 해달라 하네
대충 짐작하고 초소에 올라가서 반장님 커피 한잔합시다
하면서 둘이 앉았다네
단도직입적으로 몇 마디 던지고 바로 9동은 내가 볼 테니
오늘 7동을 맡으라 하고 이야기를 끝낸다
이야기 들어보니 전화 한 통 내어달라는 말도
조장 자기 말이고…
얼마 전 조장에게 이곳 초소는 재활용 등등 일이 많아서
힘들다고 이야기를 했다 하네
이쪽저쪽 여태까지 하던 일을 반발이 있으니
그때 해결을 못 하고 당사자인 나에게 넌지시 미룬 것이라네
오늘 출근하니 그저께도 없던 연차를 갑자기 잡아놓고…
오늘도 연차가 한 명 있어서 카톡으로 한 개 동 맡아 달라고
올린다네 조금 후 조장은 관리실에 간 사이 바로 개인 톡으로
반장님 오늘 9동 맡아 달라고 하고
내가 힘들어서는 아니라고 전했다네

154

모레 조장 연차일에 소가 도살장 가는 것보다

정문 지원 오기 싫어하는 대원이 9동까지 맡아 달라고 한다면

주둥이가 천발만발 튀어나올 일은 자명한 일이고

미리 바로 잡는다네…

4개월마다 초소 이동에 며칠 한다고

나이 잡순 사람이 이렇게 한다

이것도 직장이라고 모두 다 불만을 달고 다닌다오

이래도 힘들고 저래도 힘든 세상!

바람 잘 날 없구나…

견해 차이

세상 만물을 부처의 눈으로 보면 다 부처같이 보이고
돼지의 눈으로 보면 다 돼지 같이 보인다
흔히들 지껄이는 말로
돼지 눈에는 돼지로 보이고
중 눈에는 중으로 보인다
길가는 똥개 눈에는 똥만 보이고
도둑놈 눈에는 금고 열쇠만 보인다
불륜 해본 놈 눈에는 모두가 불륜으로 보이고
옛날 공직 생활 해본 사람들 중 딩기(현미 찌꺼기) 털어본
놈은 모두 다 자기가 한 것처럼 그렇게 하는 걸로 보인다네
고기도 먹어본 놈이 잘 먹고 잘 뜯고 한다네
자기와 생각이 안 맞으면 서로 비난하고
자기와 같은 동색이면 나쁜 짓도 옹호하고 편들고
게거품을 문다오
목사도 목사 나름이고
중도 중 나름이라는 명언이 있지요
인간사는 세상 일치가 될 수는 없지만
자기와 생각이 틀리다고 서로 헐뜯고 비난은 맙시다

옳은 것을 옳다 하고 틀린 것을 틀렸다 하는 세상 속에
정의로운 세상이 보인다네
보고 싶은 것만 보고
듣고 싶은 것만 들으려 하고
말하고 싶은 것만 해대는 편견과 오만에
세상은 온통 불신만 쌓여 가는구나
각자 다름을 인정하고 살아가야 하건만
환갑 지난 이 나이에도 나 자신도 안되는 것을
남을 책망한들 무슨 소용인가
사람은 안 돼도 괴물은 되지 말자

계획수정

인생 말년에 사주팔자에도 없던 일을 하다 보니

인간 세상 별의별 사는 방법을 터득했구나

이제는 입주민 방문객의 몰지각한 행동에도 목계의 경지에

올라 감히 어느 누구도 건드리지 못한다네

환갑 때까지만 이 지긋지긋한 일 그만둘 거라고 수도 없이

지껄였건만 막상 이 시점에서 막을 내리려니 뜻대로 안 되구나

나만의 생각에 뜻대로 안 되는 줄 알고는 있지만 늘 말은

행동을 한참 앞서간다네…

자기 앞가림도 못하면서 생각은 저만치 앞서 달리고 있고

때로는 자아도취에 빠지곤 하지

정말 재미있는 인생 유유자적 살고파라

남들이 어떻게 생각해주던 말던 나름 유유자적 살아간다네

이 일을 그만두면 당장 대출원금은 차치하고 은행 이자만

생각하니 골이 아파 오고 머릿속이 하얘지는구나

내일 모래면 임인년壬寅年 나의 해도 마지막 달을 달리고

이제는 계획수정을 생각한다네

당연한 걸 이렇게 지껄이고 나 자신에게 위안을 준다네

앞으로 당분간 안 짤리는 한 열심히 껌딱지처럼 붙어 있으리라

자기 생각대로 안 되는 세상살이 그러려니 하면서

싱겁게 웃는다

이게 나의 인생 사는 방법이다

세대 연락

몇 동 몇 호데예 윗층에서 너무 뛰네예 연락 좀 해주세요…
퉁명스럽게 전화를 끊는다
그러면 먼저 겁이 난다네
예 몇 동 몇 호지예 물으면 바로 직감하고
앞으로 전화하지 마세요 하면서 왕짜증을 내면서 끊는다
이런 분류의 세대들은 벽면 보드에 적어놓고 블랙리스트로
경비원들도 관리하지요
앞으로는 이런 일이 있어도 전화하지 말라고 핏대를 올린다네
아래층 위층 바로 옆집에 살고있어도 이웃이 아닌 원수라네
모든 세대가 다 그런 것은 아니지만 제법 이런 분류의 훌륭한
세대들이 종종 있다오
경비원이 무슨 죄이면 아랫집 윗집이면 한번 만나서 조금 자제
부탁한다 하고 의사소통하면서 사이좋게는 몰라도
알고는 지내면 좋을 건만 이게 안 된다네…
우리나라가 언제 아파트 공화국이 되었는지 이웃 간에
정도 없고 서로 인사도 없이 쌩까고 경비원에게 갑질하고
차종으로 차별하고 화물 차량 단지 내 주차했다고
아파트 품격이 떨어지니 가치가 떨어지니…

평수 크고 작고로 위신이 달라지는 못된 버릇에

개판 오 분 전이라오

앞으로 나아져야 하건만 그런 기미는 조금도 보이지 않고

더했으면 더했지 개선의 요지는 죽었다 깨어나도

없을 것 같네요

공부 잘하고가 중요한 것보다 인성교육이 더 중요하다는

경비원의 일갈에 "인간은 안 돼도 쓰레기는 되지 말자"는

어느 환경미화원의 가훈이 떠오른다

먼저 인간이 되자!

금연 지도

이른 아침 대원초소에서 커피 한잔하고 나오니
고등학생으로 보이는 네댓 명이 여행용 케리어 하나씩
지참한 채 서 있고 두 명은 거나하게 담배를 꼬나물고 땡긴다
다가가서 담배 한 까치 달라 맞담배 같이 하자 하니
싱긋이 웃으면서 이것밖에 없다면서 넉살 좋게
다음에 드릴게요 한다네
덩어리도 크고 잘생긴 놈에 머리도 길고 해서
대학생인지 고등학생인지 구분이 안 된다
어디 여행가나 하면서 물으니 제주도 간단다
그러면서 어른들은 다 담배를 끊는데 왜 너희들은 피우려고
노력하나 몸에 좋지 않으니 적당히 피워라 일갈하고 돌아서니
인사는 제대로 한다
한번씩 순찰 돌다 보면 여중생도 침을 모다 팩팩 내뱉으면서
흡연을 하고 정말로 가관이다
그 학생들도 자라나서 어른이 되고 엄마 아빠가 되어
살아가겠지만 그래도 걱정이 앞선다
어린 자재들과 대화를 나누면 담배 냄새가 날 텐데
그냥 방치하는 건지

정말 가정교육이 엉망인지 학교 교육이 엉망인지 막상막하라네

부모가 되어도 어른이 되어도 꾸짖고 나무라지 못하는 세상이

더욱더 이 사회를 혼탁하게 하는구나

어렵고도 복잡한 세상이다

경비원의 품격

경비원이 되기까지의 기나긴 여정!
제일 먼저 할 일은 이력서를 제출한다오
회사가 원하는 조건에 경비경력 증명서도 제출하고
정해진 날짜에 면접을 본다
면접단계에서 경비원의 최고 자질이고 존엄인
성범죄 조회 동의서 범죄경력 조회 동의서
아동학대 관련법 조회 동의서를 제출하고
관내 경찰서에 문의를 한다오
세상을 살아가면서 제일 중요하고 훌륭한 인품에
지덕노체를 겸비한 노익장만이 최종 관문을 통과하지…
경비원 채용에는 이 조건이 안 맞으면 대통령 할아버지
빽이라도 안 먹힌다네
이렇게 훌륭하게 조건을 충족시키고 각자 근무를 하지만
들어가는 순간 우리는 똥걸레가 된다오
오만가지 허드렛일에
수많은 민원 관리실에 문의할 일도
모든 길은 로마로 통하듯 경비실을 거친다오
그래서 우리는 맥가이버로 통한다오

여기에 폭언에 욕설까지 첨부한다오

자기 타던 차량이 바뀌었으면 방문객 코너로 오면 될 것을

등록차량 입주민 전용으로 들어가서는 차단기 안 올라간다고

땡깡을 부리고 눈깔을 부라리고

다른 일반인들은 생각도 못 할 더럽고 어려운 일을

얼굴은 온화하게 내색 없이 업무를 수행한다오

경비원의 품격!

우리의 이웃

많이 존중해 줄지어다

경비 서면서 일어나는 오만가지 일들

휴일이면 찾아오는
경비원들 대청소날
상황실에 모여들어
커피한잔 수다떠네
봄이오면 부녀회원
미화싸모 불러들여
봄꽃단장 한답시고
동대표들 달라붙어
봄꽃화초 심는구나
주둥이는 천발만발
나올대로 나와있고
관리소장 하명지시
매일매일 물주라네
여름이면 잦은비에
출입구문 성애낀다
수동으로 개방지시
노후화된 각종선로
각종경보 남발하고

166

음식물통 수박껍질
차고차고 넘치구나
정지작업 제초작업
치닥거리 허리휘고
재활용장 태풍온다
마대자루 묶어란다
가을오면 느티나무
왜이렇게 무성한지
쓸고쓸고 또쓸어도
돌아서면 다시수북
그러다가 동대표놈
지나가다 보고가면
관리소장 바로전화
낙엽청소 안한단다
대한민국 금수강산
단지녹화 되었건만
에고에고 몹쓸나무
베버리고 싶어지네

겨울오면 혹한기라
털귀마개 방한장갑
어느누구 열외없이
출근길에 거수경례
자동으로 올라가고
입초근무 임무수행
군대생활 저리가라
비웃고도 남는다네
재활용장 마대묶어
곱디고운 손마디가
쭈굴쭈굴 없어뵈네
경비원들 춘하추동
끝이없네 끝이없어
미화싸모 휴일이면
승강기안 지저분해
입주세대 연락오면
득달같이 달려가서
임무완수 하고온들
복도계단 오줌눗네
바로가서 닦아주고
집구석에 전기나가

관리실에 연락할걸
경비실로 연락오면
쏜살같이 방문하여
원상복귀 시켜주고
폐기물품 신고하면
찾아가서 견적내고
얼마라고 알려주면
왜이렇게 비싸냐고
주둥이는 천발만발
어떤이는 아직까지
쓸만하다 집앞까지
옮겨달라 부탁하네
에시당초 안냈으면
누이좋고 매부좋고
천원짜리 두서너장
아낄려고 용을쓰네
이것또한 경비업무
무궁무진 끝이없네
감사양반 경비실에
찾아와선 한다는말
근무조건 어떠냐고

물어보고 지랄염병
근무조건 열악하면
시정조치 하려던가
안하려면 지랄라꼬
각동초소 다니면서
위세떨고 난리라네
감투쓴놈 지네들만
안설치면 태평성대
경비어른 수고많아
감사하다 못할망정
내가낸데 으스대면
닭대가리 힘드가네
또다른놈 지나가다
경비실로 힐끔힐끔
쳐다보고 가네구려
인생말년 입문하여
빡센조장 만나서니
경비업무 시간지켜
어영부영 없다보니
야간시간 휴게끝나
자지않고 업무보니

쏟아지는 눈까풀에
힘들어서 잠깐졸고
이게바로 눈에뛰어
훈계지시 하고가네
내일모레 출근해서
아무일도 없으면은
조상님전 부처님전
하나님전 읊조리고
아이구나 계약연장
한숨돌려 인상펴네
직업에는 귀천없다
유명인사 말하건만
그네들도 경비보고
하대하고 자빠지고
택시타고 주사부려
국립호텔 가더니만
대부분의 기사양반
들어오면 경적부터
경비원들 스트레스
제일많이 주는집단
사람밑에 사람없고

사람위에 사람없다
이말에도 물음표를
다는다네 정문초소
있다보면 삐까삐까
차량오면 조금굽실
이러다가 작은차량
정수기차 잘못하면
지적하고 따진다네
대부분의 우리인생
강한자엔 약해지고
고만고만 사람에겐
조금소홀 해진다네
사람마다 다르지만
대부분의 사람들은
이렇게들 살아가네
입주세대 전입전출
이사차량 진입하면
주차차량 안뺀다고
난리치고 지랄이네
입주민이 한답시면
어느정도 이해하지

이사차량 기사까지
경비보고 하대하네
이런다고 성질내면
경비원만 나무라고
피보는건 경비라네
또한초소 입주민은
한여름에 직사광선
막는다고 가리면은
발견즉시 찾아와선
아저씨들 천날만날
왜또이리 가리는지
지적하고 난리치고
도도하게 사라진다
이아줌마 우리끼리
흉보는거 알까마는
입주민들 천태만상
천하흉포 백절불굴
하는행동 빡친다네
연말이면 선거시즌
훌륭하신 동대표들
다시한번 연임출마

게거품을 물었구나
꼭나오는 인물이란
행상머리 하나같이
간섭많고 개판이네
져주어도 되거만은
이것또한 벼슬이라
의기투합 하는구나
이번에도 옛날인물
별나다고 소문난놈
다시한번 회장도전
출발선에 서있다네
우리끼리 하는말씀
이놈저놈 대표되면
경비원들 힘들다고
한숨짓고 웃는다오
어쨌거나 가는세월
잡을수는 없다만은
이런저런 환경에도
꿋꿋하게 버틴다네
세상풍파 목계정신
겁나는게 없는지라

이러한들 어떠하리
저러한들 어찌하리
이내마음 편하다면
고위관직 대감어른
부러울게 뭐있으면
하루세끼 먹는인생
안먹으려 노력하네
취향따라 좋은술을
마시면은 그만인걸
고급양주 서민소주
별반차이 없네구려
오늘비와 찌짐구워
막걸리에 취하고파
세상근심 접어두고
유유자적 살고파라
인생이란 허무한 것
흔적없이 지고싶다

- 임인년 11월 29일 새벽 비가 많이 오는 날에 쓰다

앞 편의점

대낮 정오쯤에 편의점 앞 테이블에
소주 두어 병 자빠져있고
과자 부스러기 펼쳐진 채
혼술에 조금 거나하게 마시고 있네
중전마마 서서 집 가자고 짖어대고
아저씨 팔과 손을 흔들면서
생활의 리듬인 욕설이 섞인다
중전마마 알았다 하면서 눈알 부라리고
무거운 걸음을 재촉하네
아저씨 이사육팔장은 싫은지 일삼오철구로 나간다
정신줄 놓고 혼자 앉아 있으니 이것도 구경거리…
쏠쏠한 리얼 모노드라마라오
이런들 어떠하리 저런들 어떠하리
자기 생각대로 살아가면 그만인걸
우리들은 옥신각신 다투면서 살아간다오
앞으로 저 모습이 네 모습이 될 수도 있고
생각해볼 문제다 괜히 생각이 깊어지네
우리 인생 보통으로 살아가자

인연

예전엔 옷깃만 스처도 인연이라 하였고
불가에선 전생에 얽힌 인연으로
현세에 만날 수 있다는데
너와 난 전생에 어떤 관계였을까
이런저런 생각 속에 세월은 흘러
이제 환갑 나이를 넘었구나
다음 세대에는 어떤 모습으로 만날 수 있을까
인간사 만남이란
물 위에 흐르는 나뭇잎이 만나는 거와 같고
그 물 거세지면 헤어지기가 다반사지
만났을 때 좋은 마음 영원히 변치 말아
헤어져 흐르는 인생
외롭지는 말아야지

임인년의 12월

연초 나의 해라고
우리들의 해라고
환갑들이 해라고
카톡으로 도배하고
기세등등하게 출발했건만
연중에 개인적으로 동창끼리라도
가까운 제주도라도 여행을 떠나니
청사진을 펼쳤지…
막상 생활하다 보니
이년이 그년이고
그년이 이년이네
우리는 늘 되풀이되고 다람쥐 쳇바퀴 돌듯한 인생사에서
꼭 연초면 거창하게 계획을 세우고…
돌아보면 또 그 자리에서 맴돌고 있는데도
나름의 의미를 부여하지…
오늘 그 깔깔하던 달력을 마지막 한 장만
달랑 남긴 채 찢어낸다

밀어내고 쓸어내도 어김없이 찾아오는 새해에
나이테를 한 겹 더 입힌다
젊음은 다시 오지 않고
하루에 새벽은 두 번 오지 않는 법이고
세월은 나를 기다려 주지 않는다네

2023년에 바란다

12월의 차가운 밤하늘을 바라보면
다사다난했던 임인년(검은 호랑이해)의
한 해를 정리해 본다
되돌아보면 항상 아쉽고 부족하기 그지없다
나의 머릿속에는 반성과 함께
새해에 거창하게 "임인년 결의" 내걸고
* 배려하는 인간이 되자
* 입주민에게 절대 복종하기
* 하루하루가 마지막이라 생각하자
* 인내심으로 살자
* 초심을 잃지 말자고 읊조렸건만 과연 얼마나 지켰을까
조금만 더 주의 깊게 생각하면
서로가 편해지는 것을…
이내 인생은 아옹다옹 으르렁거리면서
살지는 않았나 반문해 본다
2023년에는 그냥 열심히 살련다
무작정…

태어나 보니 잘사는 줄 알았다

1960년대 우린 너무 힘들었지
구구절절 이야기해 본들 무엇하리
다 책 속에 기록에 있는 것을…
그러나 우린 너무 모르고 지나친다오
오육십 년 전 일인데도…
독일 파독 간호사가 파독 광부가
그리 힘들게 일했는데
월급날 돈이 입금되면 바로 고국으로 송금하고
아버지는 너무 좋아 술 한잔하고
어머니는 딸이 타국 객지에서 너무 고생한다고 울고…
너무 힘들었던 우리들의 형님 누나들…
많은 나이 차는 아니지만 너무
고생했습니다
고맙습니다
존경합니다
드릴 말씀이 없습니다
그냥 눈물밖에…

기적은 일어나네

2022년 카타르 월드컵
월드컵 마지막 3차전이 있는 날
에라이 또 지겠지 축구강국 호날두가 있는 포르투갈인데…
직업이 직업인지라 잠이나 자자하고 잤다네
새벽 두 시에 내려와 있으니 K대 K반장 순찰 와선
2:1로 이겼다네
자기도 보지 않고 마지막 잠결에 이겼다는 걸 알았다네
이겼으면 아파트가 들썩했을 건데 너무 조용해
진 줄 알고 있었다네
아침 퇴근하니 손흥민 선수가 인터뷰 내용이
너무 가슴을 울린다오
자기가 부족한 부분을 동료들이 너무 잘해줬다고
동점골 김영권 선수도 너무 겸손하고
결승골 황희찬 선수도 너무 가슴이 아파 눈물이 나네
수비수가 골을 넣고
캡틴은 70m 단독드리블에 상대 선수를 모았고
가랑이 사이로 절묘하게 빠진 공이 조금 위축되어있던 황소가
결승골로 연결되다니

기적은 이런 거라오

"이게 말이 돼!" 너무 좋아

연발하고 내일부터 다시 뛰자

폭풍의 질주!

여러분은 우리의 자랑!

그때는 그랬지

우리는 1960년대 초반 힘든 시절에 태어났다네
6·25전쟁이 끝난 후 한참 개발시기에 농어촌은 너무 힘들어다오
그 시절 태어나 마당을 뿔뿔 기어다니면서 먹을 게 없어
닭똥을 주워 먹고는 퉤퉤 뱉어내고 먹을 거라곤
굴목 뒤(굴뚝이 있는 집 뒤)에 묻어놓은 무, 고구마뿐이었지…
가을이면 초가지붕에 무말랭이 씨레기 고구마 빼떼기 널려있고
빨랫줄에 박나물을 길게 늘어뜨려 말리고 곶감 깎아서 매달고
추운 겨울 동지섣달에는 닭서리에 들켜 어른들에게 많이 혼나고
옆집 제삿날이 오면 제사를 꼭 자정 넘어 지내는지라
그 시간까지 자지 않고 옹기종기 모여 눈을 새까맣게 뜨고
제삿밥을 기다리던 시절도 있었다네
겨울이면 스케이트를 타려면 스케이트를 만들어야 하는데
나무판자가 없어 유일하게 생선 상자를 구해서
스케이트를 손수 만들고
그 길고도 추웠던 겨울에 손은 터서 갈라지고
딱지놀이에 구슬치기하고 놀던 어린 시절…
여름이면 시냇가에서 물장구치고 목욕하고
또랑에서 미꾸라지 잡고 했던 어린 시절…

184

초등학교 4학년 1973년쯤에 우리 시골에도 전기가 들어왔지

그것도 다른 지역보다 조금 일찍 전기가 들어왔다네

당시 옆 동네 출신이 일본에서 돈을 많이 벌어서

큰 부자가 되어 고향에 전기를 넣어 줬다네

모교에 큰 강당도 지어주고 훌륭한 일을 많이 했다고

듣고 자랐다

지금도 옆 동네에 경복궁 같은 큰 집안 제실이 있다오

전기가 들어오기 전에는 호롱불 밑에서 숙제도 하고

촛불은 그때도 조금 부잣집에서 사용하고

촛불 구경은 제삿날 차려진 상 위에 촛대에 켜진

불을 보고 자랐다

초등학교 오육 학년이 되면 덩치 큰 애들은 지게 지고

나무하러 다녔고 마대자루에 부모님 도와준다고

솔방울 깔비(솔잎) 모아서 자루에 넣어 어깨에 메고 다녔고

학교 마치면 어김없이 소 먹이려고 풀 베러 다니고

개구리 뱀 구워 먹고 전쟁놀이하고

말타기에 한 놈 모퉁이에 서서 엎드리면 높이 뛰어올라

허리가 끊어지도록 굴렀던 어린 시절이었다오

중·고등학교를 다니면 이제는 덩치도 크고 해서 똥장군도 지고
똥장군은 반 장군은 못 져도 한 장군은 진다고 했지
반쯤 차면 똥물이 출렁거려 장정도 못 진다오
학교에 가려면 거리가 너무 멀어서 전 학생이 자전거를 탔고
그 당시 자전거 회사가 두 곳 정도 있었는데
3000리 자전거와 삼광호 자전거였지
그 당시 자전거도 한 회사 자전거를 알아줬고
후발 주자는 조금 모델과 기능이 조금 떨어진다네
학교 건물 뒤쪽에 자전거 보관장소가 길게 지어졌고
하나의 큰 건물이었다오
학교 마치면 자전거 수리점이 교문 앞에 있어 늘 붐비고
한참을 기다려야 빵꾸도 때우고 살도 갈아 넣고
먼지 날리는 비포장도로를 달리다 보니 빵꾸도 자주 나고
고장도 잦았다네…
그 당시 1980년대는 고등학교를 가려면 시험을 쳐서 뽑았는데
좋은 학교에 진학하면 바로 소문이 나 그 집안은 경사였지요
그 이후 연합고사로 뺑뺑이를 돌렸지
조금 큰 도시로 당첨되면 좋아하고 희비가 엇갈렸다오
이렇게 고등학교를 졸업하고 머리 좋은 놈은 대학 본고사에
좋은 대학 진학하고 자기 머리대로 실력대로 진학하고
요즘처럼 수시 입학 등 특례제도가 없이 대학에 갔고

2년 뒤 남자들은 제일 무섭고 두려운 군대에 역 주변

초등학교에 모여 기차 타고 개 끌려가듯 가면서 열차 안에서

없는 쥐 몇 마리 잡고 바로 군기가 잡히고 좋았지…

훈련소에 도착하자마자 내무반 배정받고 제일 중요한 게

먹는 문제라 제일 먼저 식판에 숟가락 타고 영내화에

활동복 타서 입고 연병장에 모여 뺑뺑이 좀 돌고 식당으로

용감하게 행진해 가서 꿀꿀이죽 한 그릇 타서 먹고 첫날부터

밥이 너무 맛있어서 돌아서면 배가 고파서 입대할 때

가져온 돈 다 내어서 쿠폰으로 강제로 바꾸고 살짝 몰래 숨겨

팬티 고무줄 끼인 자리에 짬 박고 쿠폰으로 지정된 시간에

PX 가서 초코파이 사 먹던 시절이었지

훈련 마치고 저녁 식사하고도 배가 고파 초코파이 사서

안 뺏기려고 화장실에서 포장 소리 없이 조용히 뜯어 먹어본

기억들… 그러다가 조교에게 들켜 몇 대 터지고 식당 줄에

서서 한 그릇 더 타서 먹으려고 빨리 먹고 줄 서다

들켜 쪼인트 까지고

훈련소 생활 끝나고 각 부대로 배치되는 힘들었고 아련한

추억들… 그 당시엔 부모님도 초청 없이 혼자서 다 했다오

80년대 초반에 군대 생활을 한지라

봄이면 아지랑이 이글거리는 봄날 작업

여름이면 진지 구축작업에 떼작업 등등 수많은 작업으로

몇천몇만 번의 삽질을 해댔는지 정말이지 농사를 지어도

천석꾼 만석꾼은 되었을 것 같다네

남자 세계 군대 생활 이야기는 3박 4일을 얘기해도

모자라고 끝이 없지

월남 스키부대부터 알래스카 낙타부대에 귀신 잡는 해병에

해병 잡는 방위병까지 이야기는 이어지고 여성들에겐

제일 듣기 싫은 소리가 남자들 군대 생활 이야기고

졸병 때는 두들겨 맞고 고참 때는 두들겨 패고

고문관 생활을 했어도 이야기는 너무 자기는 훌륭히 군 생활을

마친 것으로 포장되고 사격은 전부 쐈다 하면 백발백중이었다네

이렇게 힘들게 30개월 마치고 세월의 허락을 받아

장성과 동급인 병장으로 만기 전역을 하고

이렇게 사회에 진출하면 전부 다 잘될 줄 알았던 사회생활

직장 생활 결혼 생활 어느 하나 힘 안 드는 게 없었다오

1990년대 고도성장에 무조건 빨리빨리만 외치다 보니 성수대교

삼풍백화점 붕괴 사고 등등… 사건 사고가 끝없이 일어나고

한창 일할 나이에 IMF 사태가 불거져

화이트칼라라 불리는 은행원 대기업 회사원들 줄줄이 해고되고

우리 서민층은 얼마나 고통스러운 날을 보냈던가

졸지에 직장을 잃고 이태백(20대 절반이 백수)이

많이 양산되었다오

애들 한창 클 나이에 사교육비에 바람 잘 날 없었다네

오늘날에도 하루하루 힘들게 살아가는 사람은 수두룩하고

잘 먹고 잘사는 사람은 더 잘살고

계층 간 너무 차이가 나는 세상에 살고 있다오

너무 빠르게 빨리빨리 문화는 대한민국을 발전시킨

원동력이었지만 앞만 보고 달려오다 보니

많은 시행착오가 있었고 지금도 모순된 점이 많이 있지요

MZ세대들이 우린 태어나서 보니 이렇게 사는 줄 알았다는

말이 우리 기성세대들은 적잖은 충격을 받는다네

그 친구들도 우리 아들딸들도 겨우 삼사십 년 차이에 이렇게

살아온 환경이 너무 다르다 보니 자기 아버지 세대를 너무

모르게 살고 있다오 달나라 사람도 아니고…

부모님 덕도 많이 보는 친구도 있을 게고

아직도 힘들게 사는 집에서 부모님 찬스 없이 현업에 종사하는

친구들을 보노라면 가슴이 많이 아프다오

가난 구제는 나라님도 못 한다는 속담도 있듯

우리 서민들의 생활은 더 힘들어진다오

연말이라 간혹 들려오는 미담에 어느 구순이 넘은 할아버지가

동사무소에 찾아와선 선뜻 일억을 내놓으면서 주무관이 연세를

물으니 구십은 넘었다 하면서 더 이상 묻지 마라 하니

공무원이 가족관계를 물어보니 아들딸들도 먹고살 만하고

189

이해할 거라면서 더 이상 묻지 말라는 통 큰 훌륭한 어른도
보고 어릴 적 너무 가난하게 할머니 할아버지와 살았다면서
트럭에 쌀 라면 등 바리바리 싣고 물품을 소리 없이
동사무소 앞에 갖다 놓고 유유히 사라지면서 힘든 사람에게
돌아갔으면… 메모 한 장 남기고 간 훌륭한 사람도 소개되네…
흔히 하는 말로 세상 더럽다 더럽다 해도 또 다른 곳에선
정말 죄짓지 아니하고 묵묵히 훌륭하게 살아가는 사람들도
많이 있다오
중도 중 나름이고 목사도 목사 나름이라는 명언이 있지요
이런 좋은 소식에 머리가 숙어지고 이 못난 범생도
마음을 가다듬는다네
세상 사람들이 어떻게 하던 흔들리지 말고
자기가 바르다 생각하면 묵묵히 살아가는 사람들이
많이 생겼으면 하는 마음이라네
나만 바로 살련다 이게 나의 힘이다

내 엄마

내 엄마 올해 팔 학년 육 반

옛날엔 군더더기 없이 모든 일에 민첩했지

없는 살림살이에서도 어른들 북적거렸고

먹고살려고 쎄빠지게 일했지

모두 다 힘들었던 시절에

어린 눈으로도 열심히 산다는 걸 느꼈지

너무 고생을 했던 탓일까

이제는 옛날 우리 엄마가 아니라네

이런 글을 쓰는 자체가 불효지만은

더 이상 흉은 보지 않을게요

내 역시 나이를 묵고 있는지라 내 아들딸들이 또 그러겠지…

나이를 잡쉈다는 게 너무 슬퍼다오

그렇다고 말릴 수도 막을 수도 없지요

쓸고 쓸어내도 찾아오는 나이놈 어쩔 수 없어 한이 되네요

오늘 혼술에 많이 울었다오

- 2022년 12월 3일 자정을 넘기네 부인은 모임 가고…

꼴값에는 커트라인이 없다

오후 복잡한 시간 방문자 속출하고
둘이 앉아서 업무를 본다
동시다발로 인터폰 울려대어 받으면서
정문으로 오시라고 구구절절 설명하고 이해시키니
여성 방문자 뒤차에 가서 후진 양해를 구하니
뒤차 입주민 차에서 내려 인터폰 하러 오네
머리를 써서 내가 안 받고 미뤄다네
옆에 조장 직접 인터폰 받고 문을 열어주네
잠시 후 공포의 빨간 전화 바로 벨 울려 받드니
뭐 그리 꾸중을 해쌌는지 몇 번을 읊조린다
한참을 전화로 예 알겠습니다 연발하고
이게 경비업무 한심한 꼴값을 떠는구나
이런 사람 저런 인간 품종도 많다 보니
어디에다 기준을 둘지 헷갈린다네
입주민 인간들이여
꼴값에는 커트라인이 없다네

12월

한 해를 마무리하는 12월
연초 위태위태하게 삐거덕거리면서 출발하고
중간중간 티격태격 우여곡절도 많았지
니가 마니
내가 마니
얼키설키한 갈등 속에
보란 듯이 여기까지 왔네
오래 살아남은 자가 이긴 것일까
참아낸 자가 이긴 것일까
살얼음판을 딛는 심정으로
달려온 열두 달의 힘겨운 여정
이렇게 둘 다 여기까지 왔으니
승자도 패자도 없는 무승부를 기록했네
다만 둘 다 모양만 구겨지고…

서울구경

시골 영감 처음 타는 기차놀이라
차표 파는 아가씨와 실랑이하네로
시작되는 서울구경!
힘들었던 시절 많은 국민들을 웃게 한 노래였지
이 노래가 1962년경 나왔으니 환갑이 넘었네…
오늘 퇴근해서 나름 깔끔하게 몸단장하고
항공 리무진 버스 타고 공항으로 가요
창밖으로 앙상한 나무들이 쏜살같이 줄지어 달아나고
정오쯤 비행기 타고 서울에 오니 아이고 여기가 서울이구나
하고 눈이 번쩍 뜨이네
코로나 시국에 아들딸도 자주 못 보다 보니 겸사겸사해서
서울 나들이라네
집이라고 찾아갔더니 너무 좁아서
네 명이 겨우 앉을 수 있네
밖으로 나와서 지하철 타고 서울 구경이 시작되었네
이른 저녁 맛집 고깃집에서 고기 구워 소주 말아 맛나게 먹고
오는 길에 재래시장 들러 옛날 통닭 한 마리에 소주 한잔하고
궁궐 같은 집에서 하룻밤을 지내고

이른 새벽 눈떠서 화곡동 본동시장 들려 사람 사는 구경하고

용추골 순대국집에서 통뼈 해장국에 장수막걸리 한잔 걸치니

옆 테이블 젊은이의 허찮은 사랑싸움 소리 들려오고

세상을 살아가는 힘을 얻는다

술은 얼큰하게 취해서 친구를 부르니 꼭두새벽에 친구가 와서

계산하고 데리고 나가는구나

사람 사는 냄새 물씬 풍겨나고…

아침 일찍 국민 품으로 청와대 구경하고

창밖으로 경북궁 광화문도 보이는구나

금강산도 식후경이라 맛집으로 소문난 집 들러서 식사하고

서울의 랜드마크인 롯데월드타워에 들려 구경하니

집으로 갈 시간이라 차를 타고 가니

차가 막혀 두 시간이 걸리던구나

아이고 서울이 이렇게 큰 줄 몰랐구나

집에 도착해서 잠시 쉬다가

공항으로 줄발해 비행기 타니

시골 영감 서울구경을 마친다오

경비원의 노래

- 이만선생貳萬先生

친절과 봉사로 뭉쳐진 경비
입주민 보호의 경비가 되어
큰~단지 명품세대
부~자들 사는
그 이름 영원하리
명~품 아 파 트

웃음과 헌신으로 다져진 경비
입주민 말이라면 무조건 복종
주차단속 안 한다고 연락이 오면
총알같이 뛰어가서 단속을 하고
입주민 위해서는 목숨을 거는
그 이름 영원하리
대 한 의 경비

내일

인간 살아가는 것은 큰 꿈속과 같네

왜 이렇게 우린 힘들게 살아갈까

오늘도 힘들게 일하고서

아침 퇴근해서 어영부영하다가

오후 이른 시간 주안상 준비하니

조금 취하여 자리 누웠네

내일 있을 일을 생각하니

두통 치통 재발하고

허리까지 아파 오네

내일 일은 내일 생각하자는

헛된 글귀는 우리에겐 다 쓰레기라네

수요일 재활용품 내는 날

인원 한 명이 빠지니 당장 업무분담 늘어

주둥이가 천발만발 나올 생각하니

걱정이 앞서는구나

이게 우리 인생

인생길 어려워라

천태만상

정문 차단기 근무하다 보면 별의별 인간들이 들어오지요
방문 중 발급기에서 인터폰 누르면
친절하게 어디 가십니까 하고 물으면
똑같은 곳에 가더라도 상가예… 상가 대박부동산 등등
이름도 많고 발음도 악센트도 가지각색이다
말이 짧은 사람 퉁명스럽게 성질이 포함된 목소리에
알아듣지 못하는 말 어림짐작으로 고유번호 눌러서 뽑아주고
두 번은 안 물어본다네…
물어보는 순간 왕짜증을 내시는 훌륭한 분들이 계신다오
그냥 노란 차 오면 인터폰은 울려도 고유번호 치고 열어주면
손 흔들고 가시는 분 배달이라 싶으면 알아서 열어주고
택시 기사 양반 앞에 서면 바로 경적음 울려대고
겁이 나고 무서워서 바로 열어준다네
경비원이 생각해도 바로 열어줘야 할 직업이건만
꼭 이런 상황을 고집하는 입주자 대표놈들이 나쁘지…
한심한 작태라오
결국은 다 열어주고 해야 하건만
이렇게 사람 사는 집구석에 너무 통제를 심하게 하다 보니

입주민 종종 찾아와선 경비원이 무슨 죄인이라고
한번씩 목청을 높인다오
그래 본들 이제야 성격이 목계지덕木鷄之德의 경지에 올라서
조금도 흔들림 없이 업무에 임하는 경비원의 인성이 훌륭하도다
모든 업무가 기록에 남는지라 뒷날 잔소리에 우린 어쩔 수 없이
시키면 시키는 대로 원칙을 지킬려고 하다 보니
한번씩 언쟁이 발생하고 큰 문제가 되는 상황이 연출되고⋯
이런 개 같은 상황에 양 같은 소리하는 동대표놈도 있다오
정말 세상은 천태만상 속에 요지경이라오

나이를 먹는다는 게

이른 아침 맑은 거울 들여다보면
머리부터 수염까지 명주실처럼 하얗네
살아온 세월이 육십 년이니
벌써 이렇게 되었구나
주변인들 나를 보면 아쉬워하면
모두 다 한마디씩 툭툭 던지고
아들딸도 한마디씩 거들어주네
네 살 적은 자기 엄마 머리 셌다고
돌아보면서 탄식을 하네
이에 홀로 미소 지으면
이 웃음을 아들딸은 알겠는가
인생살이 힘들고 미련 없다면
나이 먹는 것이 어찌 슬픈 일이든가
이렇듯 유유자적 살아가고픈
이내 인생이 이루어지도록
열심히 수양할지어다

망산

홀로 산에 올라
생각에 잠긴다
산 아래 펼쳐진
성냥갑 같은 집도 많네
산 내려와 집에 오니
유명 아파트 분양 광고 티슈에 전단 있어
우리 인생도 말년에 조금 괜찮은데
살다 가야지 하니
부인은 아무 대답이 없네…

세월歲月

흘러간 시냇물은 다시 돌아오지 않고
떠다니는 뭉게구름 다시 보기 어렵다네
봄이면 꽃도 피고 지고
가을이면 무성하던 푸르름도
단풍으로 곱게 늙어 떨어지나니
이내 인생도 붙잡아도 붙잡아도
잡히려고 하지 않네…
우리 인생 늘 스스로 만족하고
세상살이 순리대로 살아간다면
그 무엇을 걱정하리오
그 무엇을 한탄하리오

소원수리

요즘 군대에서도 소원수리는 쓰는지
40년 전 군대 생활 형식적으로
장병들 모아놓고 소원수리를 받곤 했지
대통령 할애비 빽 아니고서는
감히 누가 상관들을 비판하겠는가
대한민국 아파트단지 대부분이
2년마다 회장 감사 양반을 뽑으니
이것도 감투라고 각 동 초소 직접 행차하시어
근무에 힘든 거 부당노동 입주민 갑질 등등 물어본다네
이런 개 같은 상황에 양 같은 소리 해대쌌고
감사놈이 물어봐도 할 만합니다 하고 읊조리고
그저 소이부답笑而不答이라네
어찌 경비가 입주민을 험담하리오

올 게 왔다

12월 중순 늦은 오후 올 게 왔다
3개월마다 단행되는 경비원의 계약서
회사 과장이 들어와서 조장과 면담하고
나와도 앞 커피숍에서 이런저런 이야기를 나누었네
이야기를 나누다 보니 몇 달 전 서로 티격태격 험하게
싸운 걸 가지고 지금도 이렇게는 회사 입장에서
서로 근무하는 게 힘들지 않으냐 하면서 젊은 과장 말투가
상대 직급이 조장이라 조금 조장 편에 들어 이야기하네
그래서 개인 험담도 조금 늘어놓고 그간에 있었던 이야기도 하고
근무하면서 개인 복장 근무행태를 지적하고
도저히 이 자리에 있어서는 안 될 인물이라 했다네
씻고 벗고 해도 5명이서 근무하는데 다른 대원에게도
분위기를 물어보시라 하니 그럴 예정이라네
잠시 뒤 나에게 와서 사과할 생각이 없나 하길래
쌍방이 서로 사과하면 하겠다 하니 뭐라 뭐라 해쌌는다
그러면서 반장님은 남성적인 말투에 어쩌고
조장은 여성적인 소심한 성격이라 하면서 말하길래
맞은편 서 있는 조장을 가리키면서 저게 서 있는 품세가

경비원 맞나 하면서 이 정도 복장에 경비를 서야지 하면서

나 자신을 가리킨다

그러면서 내가 두 달 전에 이거는 아니지 않으냐

직원들 보는 눈도 있고 하면서 먼저 사과를 했고

지금 이렇게 서로 조심하면서 근무하고 있지 않으냐 하니

알았다고 하면서 대화를 마친다

실제로 이런 일이 있어도 꼭 목마른 놈이 우물 판다고

연장자인 내가 먼저 말을 건넨다네

이렇게 당사자 둘 두 반장과 무슨 이야기가 오갔는지 모르지만

별 관심 없고 계약 안 쓰면 짤리는 거고

일하라면 하면 되고 쉽게 생각하련다

심지어 우리 인생도 저승사자 데리러 오면 가야지

발버둥 친다고 안 데려갈 저승사자 있던가

모양만 구겨지지

조금 더 있다가 오라 하면 조금 더 있다가 가면 되고

이렇게 살아가련다

이렇듯 경비원들 목숨이란 업무를 잘하든 못하든

자기 의지대로 안 된다네

그게 다 내 개인 생각만 아닌 주변 여건에 따라 좌우된다네
동대표놈들이 짤라라 하면 짤리고
입주민들 입김 들어가면 짤리고
이렇게 짤리고 저렇게 짤리는
짤리는 인생이라네…
그래서 그냥 말 대신 웃음으로 답하지…

대방동의 겨울

꼭두새벽 일어나 대충 한술 뜨고
의무처럼 차로 달려서 도착하면
나를 반기듯 트리에 불빛 깜박거리고
털 귀마개 방한 장갑 신호봉 비껴들고
칼바람 맞으면서 전장으로 간다
여기서 두 번째 맞이하는 대방동의 겨울
20여 년 전에는 한적한 시골 산동네였던 이곳
이제 아파트단지로 닭장같이 줄 서 있고
뒤쪽에 높은 산이 있어 왜 이리 추운지…
며칠 전,
재계약 문제로 과장 왔다 가고
꿈에서도 노인들과 같이 놀고 있고
세상의 조화가 불길해 보이는구나
아침 입초 서고 들어올 쯤
날은 밝아져 하루 일과 시작되네
아침에 맞는 귀싸대기 귀가 얼얼하고
손은 시려서 난로 앞에 앉는다

다 들어낸다

동대표 회장 감사 뽑는데 두 명씩 나와 온라인 투표가
시작된 지금 회장으로 출마한 동대표 양반 며칠 전에도 오늘도
경비실에 들러 답답하다면서 멋쩍은 척 자기의 훌륭한 점을
뽐내는지라 내가 회장님 커피 한잔 올리겠습니다 하니
고맙다고 응수한다
한 사람은 4년 전에도 회장으로 연임을 했는데
조그만 회사도 운영하고 있고 재임 중에 10년차 하자 문제도
훌륭하게 해결했고 시의 재정지원을 받아내 두 아파트 사이에
통로를 개설해 입주민 편의를 제공했다고 자랑하는 공고문에
기호 1번 장길산이라 붙어 있네
한 분은 공무원 출신에 시골 면장도 역임했고 공직생활
잘 마치고 자기 인품이 훌륭하다고 뽐내고 공고물에 큰 글씨로
기호 2번 홍길동이라 쓰고
어제와 다른 오늘을 만들겠습니다!
여러분의 뜻을 존중하겠습니다!
진심으로 봉사하겠습니다!
출사표를 크게 내걸고 열심히 경비실을 들락거린다
상대 후보 길산이보다 밀린다 싶은지 회사까지 운영하고 있고

회장도 한번 했으면 됐지 또 뭐 하려 나왔나 하면서 흥얼거린다

옛날 말에 알아야 면장하지 명언이 있지요

우리끼리 하는 말로 길산이는 옛날에 경비원들에게

조금 악명이 높고 길동이가 되면 경비원이 조금 근무하기가

낫지 않을까 바램이네

60대 중반 70대 초반 나이에 살아온 공적이 이미 훌륭하건만

이놈의 감투 욕심에 물러날 생각이 없구나

높은 자리에 오를수록 인간 욕심은 끝이 없네그려

이놈이면 어떻고

저놈이면 어떠하리

우리에겐 다 쓰레기 집단인걸…

우리 반장 사는 아파트에 경비원끼리 싸워서

경비원이 6명인데 이번 연말에 순차적으로 다 들어내고

바꾼다네 물도 고여있으면 썩는 법이고

이곳도 다 들어내야 될 것 같네…

지금 정문에서 티격태격하니…

어저께 회사 과장이라고 와서 면담도 했으면 확실한 물음에

전후 사정을 물어볼 일이지 초소에 가서 별일 없지요

문제 있으면 이야기하면 다 해결해준다는 말 툭 던지고

사라졌다네 말인지 막걸린지 한심하다네

이번 연말 두고 볼 일이다

재계약이 될는지…

감 담그는 날

감이 익을 무렵 늦가을 우리 시골에선 물감 또는 똥감이라 했다
70년대까지는 단감이 보급되지 않아 떫은 감을 낮에 따서
손질해서 가마솥에 물을 펄펄 끓인 후 큰 독(항아리)에
물을 붓고 물 온도를 맞추어 이때 맨손으로 물 온도를 맞추어
이때 손으로 담그면 손이 조금 발개져야 적당한 온도다
소금도 조금 넣어 염도도 조정하고 저녁 시간에 새벽에
건져낼 시간 맞춰서 손질해 놓은 감을 조심해서 독에 붙고
비닐로 덮고 이불로 정성스럽게 덮어서 방도 따뜻해야 하기에
아궁이에 불도 지피고 10시간 정도 지나면 새벽에
팔러 갈 준비를 한다
물 온도가 조금 높으면 감 껍질 쪽에 약간 삶은 것 같이 되면
제값을 못 받고 또 조금 떫은 맛이 받혀도 제값을 못 받는다
그 당시 단감이 보급되지 않아서 떫은 감을 적당한 온도에
담그면 타닌 성분이 빠져나가면서 단감이 된다네
이렇게 한 감을 꺼내서 선별해서 다라이에 담아 리어카에 싣고
10리 길을 걸어서 함안역에 가면 다라이는 줄을 서 있고
장사진을 펼쳤고 도매업자가 다니면서 감을 사고 그 감은
도시로 팔러 나갔지 옆 동네 사람도 오고 주변 동네

아는 사람이 오면 잘 팔았나 안부도 묻고 인사를 나눈다

아버지들은 아침부터 역 앞 대포집에서 시락국에 막걸리 한 사발

들이키고 카 하면서 얼굴엔 미소가 퍼지고…

그날 장날이 끼면 엄마는 장도 보고 오뎅에 고등어 갈치

오징어도 몇 마리 사서 오랜만에 구워 먹고

돈을 모아서 학기 초 등록금도 마련하고 했지

그 당시 자기 농지도 없는 사람은 이 물감도 귀한 과일이었다오

그러다가 곶감도 깎아 말리고 한겨울에 엄마 몰래

하나씩 하나씩 빼먹고 한 정겨운 추억들…

함안은 예로부터 곶감은 왕에게 올리던 진상품이라

감나무가 많았다

이제는 이런 일이 있었는지도 모르는 세상이 되어버려

책에서나 이런 감 담그는 법이 있는지는 모르겠지만

그 당시는 하나의 생활상이었다오

옛말에 똥구멍 찢어지도록 가난했다는 말이 있지…

먹을 게 없어서 송굿(소나무껍질) 벗겨 먹고

떫은 감 많이 먹으면 된똥이 되어 똥이 안 나와 꼬챙이로

똥구멍을 파고 할 정도로 뒷일을 보는 데

힘이 들어서 나온 말이네

아! 옛날이여…

정겹고 힘들었던 그 시절이여…

211

업무가 시작됐네

이틀 전 회장 감사 당선이 확정되어 공고물 게시판에 도배되고
뒷날 바로 암행순찰 시작되었네
당선증도 내일모레 나온다는 공문이 크게 내걸리고 했는데
아직 당선증 글도 안 썼고 잉크도 안 묻혔는데…
바로 업무가 시작되니 아이고 훌륭도 해라
이 감사 양반을 "국회로" 내보내리라

"어젯밤에 108동 감사가 전 초소를 돌면서 근무자와 근무시간을
확인하고 심야에 관리소장에게까지 전화를 돌렸습니다
당분간 근무시간과 휴게시간을 준수해 주시기 바라며
근무시간에는 반드시 정위치 근무 바랍니다"라는 명문장이
출근과 동시에 바로 카톡으로 올라오고
네, 네, 네로 응수하는구나
나 역시 의관 갖추고 폰 뚜껑 열어보고 "확인"으로 응수했다네
어찌 끗발 높은 조장의 지시에 응하지 않으리오…
정말 훌륭하고 할 일 많은 감사 회장 동대표 놈들…
이제 감투도 쓰고 대갈빡에 계급장도 달았으니
연말 잠시 갑질이 시작되겠네…
이때는 납작 엎드려 복지부동할지어다

이 글을 쓰는 이 시점에 우리 반장 내려와

어젯밤 이야기를 들려준다

어제 두 놈이 술이 곤드레만드레 되어 한 놈은 술 취해

벤치에 자빠져 자고 감사란 놈은 경비실로 찾아와선

행패를 부리고 관리소에 전화해서 비상 걸고

경비원 두 명 만취된 인간군상 깨워도 깨워도 요지부동이라

감사놈 동 호수 알려준 대로 찾아가서 부인 딸 내려와도 안 되어

바쁘고 힘든 119 연락해서 이송용 침대에 짐짝 싣듯 태워서

집으로 배달되고 난리가 난리가 났다네

아침 출근해서 시간이 조금 지나도 아무런 말이 없어

대충 짐작은 하고 있었는데 역시나 다를까…

경비원이 졸고 자리 이탈하고 했다면 아침부터 회사 관리실

난리가 났을 텐데 너무 조용하다 싶더니 예상이 적중했네…

만일 경비원이 잘못을 했다면 경비원들 들어내니 짜르니

하면서 게거품을 물고 했을 걸 다행이라네

이렇게 완장 하나 채우면 내가 낸데 으스대면서

초반에 존재를 각인시킨다오

아이고 감사놈 처음부터 체면을 구겼으니

다음에 어찌 쌍판때기를 쳐들고 다닐지 두고두고 의문이라오

이것들은 인간이 아니라서 그것을 알리오만은

정말 한심한 작태에 세상은 요지경 속이로다

제발 쫌! 자중하자

정치인들의 일탈행위

일원짜리 하나 받지 않았고
일면식도 없다고 펄쩍 뛰고 게거품 문 군상들
이야기를 들어보면 얼토당토않은 소리 지껄여 쌓고
삼일 정도 지나면 조금씩 말이 바뀌면서 꼬리를 내린다오
사면초가에 자기 한 몸 지키자고 사활을 거는구나
오리무중에 한 치 앞도 보이지 않는 어렵고도 추접한
그네들 세상에선
육두문자 지껄여 쌓고 자기가 하면 무조건 옳고
지록위마라 하고
남이 하면 무조건 비방하고 매도하는 내로남불의 극치를
보이는구나
칠칠한 이내 인생을 저놈의 군상들을 믿고 살아가는
민초들만 불쌍쿠나
팔순이 넘은 정치인도 노익장을 뽐내듯 턱 거두어 올려 가면서
노욕을 부려쌌고
구구한 변명에 요술에 날 새는 줄 모르는구나
십상시 같은 더러운 인간들 환관들처럼 살면서 많이들
등쳐먹고 잘사시고 호사를 누리다 벼룩방에 똥칠하면서

살다가 가시게 국민들은 개돼지 같이 살던 우리 생각은

전혀 말아주게⋯ 부탁드리옵니다

우리는 우리끼리 잘 살아갈 테니까

똥품아파트

지내들끼리는 명품아파트라 지껄이고

하는 행동은 왜 이리 불량감자인지

며칠 전에도 E/V 앞 똥 싸 나서 애꿎은 반장 처리하고

오늘도 순찰 중에 전화 와서 받아보니 E/V 안에 이물질이 있다네

출동해서 가보니 개 자제분이 실례를 했네

개는 개니까 용서가 되지만

인간은 용서가 안 되는구나

똥도 인간 똥이 제일 추잡하다오

그래서 개만도 못한 인간이라네

전화하면서 바로 이물질이라 쓰지 말고

바로 똥 좀 치워달라 할 것이지

우리에겐 이런 좋은 단어는 어울리지 않는다네

이에 우리 반장 왈 하기를 아파트에 똥 누는 아파트라

광고하고 다니자 하네

인간 군상들이여! 제발 좀!

이만선생貳萬先生

일반인들은 감히 생각도 못 할 일을

이만선생은 이 일 저 일 가릴 것 없이

막무가내로 뛰어들었다가

삼 년이라는 세월이 덧없이 흘러갔네그려

사활을 걸 나이는 아니고 이제는 누가 뭐라고 할 사람은

부인뿐이고 꾸중 들을 나이는 더욱 아니라네

오십견에 오후만 되면 술酒 생각 절로 나고

머릿속엔 온통 희희낙락 친구들과 술 마시는 생각뿐이구나

육미 곁들여서 산해진미에 주지육림이라

주나라 달기가 울고 갈 판이네

칠칠하게 살아온 이내 인생길…

팔팔하게 살면서 주변 피해는 안 줘야 할 텐데

구구절절 옳은 말씀 씨부러대쌌건만

십상한 이내 인생길

이 길 저 길 많은데 내가 갈 길은 어디메뇨

멘탈 갑이다

이브날 좋은 날에 오후 한 빵 붙었네
오후 4:20분 순찰 갈 시간 휴게실 열쇠 챙겨가니
내려오면서 몸꼴에 안경 대갈빡 위에 올리고 오는 품새가
가당찮더니만…
휴게실에 가서 쉬지 마세요 하고 인상을 쓴다
순간 여태까지 참았던 스트레스가 폭발하고 말았네
휴게실에 개기로 가는 게 아니고 화장실 간다 하니
상가 화장실에 가라네
그래서 자기 집구석 화장실 놓아두고 왜 남의 집 화장실에
지랄로 눈치 보면서 가나 대꾸했네
여태껏 휴게실 열쇠 근무시간 가져간 적 없고
오늘 아침에 화장실 간다고 가져가고
오후에 가져갔더니만 내가 휴게실에 농땡이 피우고 오는 줄
아는가 봐
그래서 니보다 대갈빡 잘 돌아간다 일침하고 눈치 없이 안 산다
어지간히 해라고 성질을 냈더니 둘이 폭발하고 말았네
올라가 화장실에 앉으니 장문에 지침이 하달되고
5~6분 사이에 이런 손장난을 해쌌는다 한심한 작태다

초소 대원들 차량에서 쉬지 마라는 글이 있네

초소에서 좁은 차량에서 쉴 필요도 없는 일이고

나도 꼬투리 잡힐 행동을 안 하는데 나를 겨냥해서 올렸네

입초 설 때 가랑이 쭉 벌리고 앉아 일어서기 하면

지나가는 여성들 쳐다보고 개인 복장은 개판이고

군밤장수 모자에 벙거지 모자까지 꼴값은

혼자서 다 떨고 자빠졌네

꼴값 떠는 데는 카트라인이 없다지만 너무하구나

이왕 나온 말

지가 ○○○ 국회 보좌관 했다더니만 다른 반장에게는

박근혜 보좌관 했다고 옆에 서 있는 사진 보여주고 했다네

선거철 영양가 떨어지는 출마자 선거운동 한답시고 컴퓨터에

인물 뽀샵 처리한다고 매달리고 글 갈겨 출력해서

시도 때도 없이 들락거리고 얼마 전에는

○○시 체육회장 출마자 프로필 작성에 유인물 뽑아 재끼던

많은 일이 잘 안 풀리는지 경비를 서고 있네

하루에 개인 휴게시간 8시간 입초 근무 2시간 기타 2시간 빼고

장장 12시간을 컴퓨터에 눈알 부라리고 오락에 이 짓거리는

경비가 할 일이 아니라네

그러면서 자기 일이 컴퓨터라네…

이쪽저쪽 경비원 10명이서 정문 4명 빼고

다른 대원들 조장 지시가 없어도 알아서 너무 잘해주고

어느 누구 하나 근무하면서 술 한잔하는 사람 없고

정말 알아서 너무 잘한다

이것도 회사는 복을 타고났다

이번에 정문 똥걸레 3명 싹 들어내고 바꿔야겠네…

오늘 글 보고 나서 차 키는 벽면 보드판에 걸어두고 근무한다오

과히 하는 행동이 인간 세상이 아닐세…

정문 경비원 4명이서 근무하는데 서로 믿지 못해서인지

서랍은 꼭꼭 잠그고 있고 무슨 잘못이 있는지…

경비원의 품격이 말이 아니다

- 2022년 12월 24일 토요일

이렇게 가는구나

서너 번 싸우고 서로 반목하고 으르렁거리던 일이

오늘에 와서야 일단락되는 것 같다

같이 싸우면서 누가 잘못이 큰지는 별로 중요치 않다

언성이 올라가고 핏대가 서면 누가 먼저라 할 것 없이

고성이 오르고 깽판이 된다

연말 저녁 시간 램프등 켜러 가니 조장 말하기를

지금 부장 들어온다고 빨리 오시라네…

바로 램프등만 점등하고 내려와서 있으니 부장 들어오고

전화 와서 자기가 먼저 올라가네

30분 후 내려와 휴게실에서 부장 만나서 이야기하니

A4용지 몇 장에 경위서라고 쓴 걸 가지고 나에게 취조를 한다

나의 일거수일투족을 낱낱이 적어 상소를 올렸구나

정말 험한 인생을 살았네 이렇게까지 능욕을 당하고…

자기가 직급이 한참 높은지라 점수는 조금 잡숫고

주사님이 욕을 하고 어쩌고저쩌고 씨불렁그려쌌는다

이야기 들어보니 근무시간에 차량에 가서 쉬고 시난 행적을

낱낱이 고자질을 했네 순찰 가면 30분 정도 걸리는데

쉰다면 얼마나 쉬고 또 쉬지도 않았는데 이 지랄을 한다

그래서 나도 부장님 말 좀 합시다 하면서 자기 허물을 낱낱이

까발리고 정말 경비 일이 아니고 그래도 대원들 알아서

일 잘해주고 있으니 이것도 부장님 복 아니가 하면서

이야기를 마무리 지우고 내일 결정한다고 하길래

나 혼자서는 안 나간다 일침하니 부장 왈

그만두게 해도 둘이 같이 그만두게 한다는 이야기를 하네

이 아이가 자기가 컴퓨터 업무를 너무 잘하다 보니

회사에서는 자기는 아무 일 없겠지 생각하고 나대다가

이 사달을 만들고 말았네 가만히 보고 있으면

하루 12시간 이상을 컴퓨터에 매달리다 보니 지가

경비가 아니고 사무직인 줄 착각하는가 싶다

관리실 입출차 내역 뽑는다고 아침 입초는 안 서고

7시 꼭두새벽에 올라가 내려오면서 주차위반 차량 사진 찍어

가져와 타이프 치대고 실제로 그 시간에 단속을 할 필요도

없는데 기록을 남기려고 둘이서 경쟁하듯 숫자를 늘인다

아무 연락 하나 안 하면서 아직 출근 시간도 아닌데…

우리 일이 보여주기 위한 일이지 실제로는 하지 않는 일이다

요령은 늘어서 이 추운 날씨에 자기는 빠지고…

자기 빠지는 바람에 우리는 10분 안 떨고 들어오니

좋긴 하지만… 그래도 이건 아니지 않나

컴퓨터를 좀 한다고 안 해도 될 일을 만들고

또 해야 된다면 관리실에서 시스템을 만들고 할 일이지

자기가 잘하는 것을 보이려고 일을 만든다네…

관리실 소장놈이 요구하는 사항을 너무 잘하고

이것은 이렇게 하면 됩니다 하는 식이다

우리가 경비지 자기는 사무직인 줄 착각하는 것 같다

대원들 그 많은 자루 언 손으로 묶어내고 주차단속에

각종 민원 오면 출동해서 조치하고 힘들건만 자기는 아예

이 일을 안 하니 똥인지 된장인지 구분을 못 한다네…

그래서 두 놈 조장은 신의 직장이라 만족하면서 씨부려쌌고 하지

나 역시 두 고을을 책임지고 있는지라 일을 안 하는 게

아니지 않나 다른 반장 농담 삼아 정문 오라 하면 쌍심지를 켠다

그만두었으면 그만두었지 성질까지 낸다

오늘 부장에게 정문 근무자 2명 나하고 저쪽 조 한 분

나이 들어 어중개비라서 붙어 있지 않느냐 하면서

2년 전에는 아니 2년도 안 되었네 하면서 얼마나 이직이

많았나 하니 가만히 있다

정말 두 조장에게 스트레스받은 걸 생각하면 치가 떨리거늘 자기

들은 쉽게 치부해 버린다

살만큼 산 인생 겁날 게 없지만은

그래도 지금 물러날 생각이 없다네…

이번 사태에도 시말서 제출을 강하게 요구해서

그만두어도 내 인생에 사직서 시말서는 없다고

일갈했는데도 아침 퇴근길에

"주말 잘 보내시고 월요일인 26일 오전까지 시말서

제출 부탁드립니다."

"장길산 주사님,

저는 오늘 오후에 회사에 경위서를 제출할 예정입니다.

따라서 장길산 주사님도 시말서를 작성해 주십시오.

작성해 주시면 같이 회사에 발송하도록 하겠습니다."

라고 읊조리고 사정을 하더니만…

지가 뭐라고 회사에서 제출요구도 없는데… 한심한 인간일세

과연 손가락 장난은 신의 경지에 올라있네

부장 가면서 내일까지 결정한다 하니

내일 귀추가 주목된다…

내일 일은 내일 걱정하자

- 임인년 12월 27일 3시 25분이 지나네

출근길

이른 아침 눈 비시면
세면대에 대충 씻고
간단하게 차려진 밥상
곱창 조금 채우고
의관 갖추고 나오면
노인 냄새 안 나야 된다면
향수 칙칙… 뿌려 주면서
잘 챙겼냐고 확인하면
가방을 안 가져 나와
차 키 안 가져 나와 하는 말
꼭 한 가지씩 빼먹는다면서
전쟁터에 나가면서
총 안 가져간다네
그러면 왈
이래 죽나 저래 죽나…
이게 요즘 출근길 풍경이라네

비보를 접하다

1월 13일 밤의 금요일…

으스스한 분위기에 공포는 시작되지…

우연의 일치일까 하필이면 새벽부터 내리기 시작한

겨울비가 장대같이 퍼붓고…

일어나서 세면대에 씻으니 저승사자는

자기 태워 가자고 전화벨이 울린다

출근해서 문을 열고 들어서는 순간 저쪽 조장 저승사자는

말을 건네길래 바로 사약을 직감하고 그냥 알았다고 하고

부장과 이야기할 테니 가시라고 했다네

어저께 오후쯤 이 이야기를 접했다면 어저께 오후에

얘기를 하던가 출근과 동시에 모양 안 나게

이달 말까지만 하고 짤렸다고 하는 말뿐세…

한겨울이라 눈뜨자마자 새벽에 출근한 사람에게

아무리 사회성이 결여된 인사이라도 이것은 아니지…

그리고 이런 일도 직접 부서장이 와서 이렇게 됐다고

얘기를 하는 게 올바른 회사 문화고

정말 경비인력 사무실답게 일을 처리하네…

젊은 친구가 50대 초반인데 너무 생각이 짧다오

한 템포 늦추어 오후쯤에 주사님 아침부터 말씀드리기 뭐해서

지금 전화한다 하면 얼마나 모양새가 좋을 텐데… 너무 아쉽다네

아침 그 장대비에도 입초 서로 나가고 아직도 어둡고

봄비는 아닌 것이 우수에 젖은 가을비 우산 속에 입초를 선다

여름 장맛비도 아니고 하늘이 낸 인재人才를 잃는다고

하늘까지 슬퍼하는구나

결국 6개월 만에 서로 반목하고 으르렁거렸던 일이

이제야 둘이 같이 사이좋게 역사 속으로 사라질 운명이네…

오전 휴게하고 내려오니 연차를 달력에 세 개나 표시하고

두 개는 지우고 바로 모레 연차를 내었구나

한 반장 지원근무 와서 입은 천발만발 나오고 투덜댄다

그래서 입장 바꿔 생각해 봐라 니라면 안 하겠나 일갈하고

연차를 내면 대근자를 써야 되는데 안 쓰고 임금을 갈취한다오

어쨌든 근무하는 자만 피를 본다네

연초에 화불단행禍不單行이라고 불행한 일이 겹치는구나

이놈의 인생살이 과히 첩첩산중疊疊山中일세…

- 계묘년癸卯年 1월 14일 새벽에

두 번째 책을 내면서

'경비원의 사계'를 내고
이번 책을 내면서 많이 망설여졌다
심야 시간 멍청하게 앉아서 있기는 지루하고
그렇다고 대책 없이 꾸벅꾸벅 자불 수는 없는 일…
오늘 있었던 재밌고 웃습던 일을 기록하다 보니
또 책 한권이 쓰여졌네
하루에도 조용한 일 없이 부딪치고 흠했던 시간도
세월이 흐르다 보니 나의 머릿속을 깨끗이 지울려고 노력했다네
이 책에 조금 표현이 과하고 조금 얄밉게 소개된 인사들이여
모두 다 이해하시게나…
이게 다 글을 쓰다 보니 재미있게 웃을 거리를 만들고 싶었다네
그러니 이 이만선생貳萬先生 너무 욕하지 마시게…
경비 일이 오늘 아침 일을 저녁에 알 수 없는 직업이라
내일 일어날 일을 모른다오
책을 쓰면서 대한민국 아파트에 사는 입주민들이 책에 인용된
인물들처럼 다 그런 게 아니라오
미꾸라지 한 마리가 온 웅덩이를 흐린다고…
중도 중 나름이고

목사도 목사 나름이라오

조금 모난 사람들도 있지만

좋은 인성을 갖춘 사람들도 많이 계신다오

그러니 너무 이 인간 군상들을 밉게만 보지 말고

이런 사람이 있으면 저런 사람도 있다고 그냥 넘어갑시다

세상일에는 일치가 될 수는 없는 일이고

조금씩 서로 양보하면서 살아가자요

세상살이 살아가는데 나 한 사람이라도

쉬운 법이라도 지키면 만사형통인걸…

쉽게 이야기하자면 우리가 길을 걷는데

우측 통행 하나만 지켜도 서로 부딪칠 일이 없다네

지금도 횡단보도에 화살표를 또렷하게 크게 표시를 해

나도 서로 부딪치는 일이 종종 생긴다오

좁은 산길을 가도 우측 통행이라 생각하고 걸으면

좁은 길도 서로 부딪치지 않고 지나간다오

크게 어려운 일도 아닌데노 우린 조금 빨리 간다는 핑계로

무작정 살아가지요

이렇게 소소한 일 한 자 한 자 적다 보니

얇은 책 한 권이 완성되었네
어려운 세상살이 낙담만 하지 말고
작은 행복도
작은 웃음도
크게 느끼고
크게 웃자

- 2023년 계묘년癸卯年 정월에

1월 첫날

선달그믐 가는 해를 아쉬워하면서
한잔 술로 마무리하고
다사다난했던 임인년壬寅年 나의 해를
아슬아슬하게 마무리한다
짜릿하게 또 살아남았다
계묘년(癸卯年 검은 토끼해) 첫날이다
첫날부터 출근일이라 부인께서 끓여준 떡국 맛있게 먹고
차디찬 칼바람 맞으면 칼출근을 한다
짧고도 긴 세월 속에 그 누가 영원하리오
그래서 이 몸은 근심하지 않았는데
이렇게 잠시나마 살아남았다
3개월 단위로 계약을 하다 보니 늘 아슬아슬 인생이라네
또 살아남은 이상 나름 열심히 살련다
어느 누구도 나를 인정 안 해주더라도 내 자신이 만족하면
만사가 형통하거늘…
갈 때가 된 것을 어찌하리오
과거는 지나갔고 남은 날은 많지 않네…

절필絶筆을 선언한다

'경비원의 사계'에 이어 반년 만에 얇은 책 한권이 쓰여졌네
사주팔자에도 없는 일을 저지르다 보니
이제는 한계점에 도달했나 싶다
무의미한 심야 시간에 꾸벅꾸벅 자불 수도 없는 일이고
또 입구다 보니 입주민에게 발각이라도 되면
뒷날 바로 조간신문에 헤드라인으로 장식되지…
이런저런 핑계로 한 자 한 자 쓰다 보니 여기까지 왔다네
이렇게 생활한 지도 어언 2년이 되어가네
60년 인생에 2년이라는 시간은 결코 짧은 시간이 아니라네
그래도 이 일을 하면서 책상에 앉아서 업무를 보다 보니
이런 기회도 생겼고 많은 것을 깨쳤고 행복했다오
환갑 넘어 살면서 이런 경험도 나에겐 너무 큰 행복이었고
늘 자화자찬에 호강에 빠져서 요강에 똥 싸는 소리 하고 있다네
두 번 다시 오지 않을 이 시간을 유시유종으로 끝맺을까 한다네
나름 열심히 살아왔다고 크게 자화자찬하면서
이제 그만 글쓰기를 접으려고 한다
다시는 절필絶筆을 선언하는 일은 일어나지 않을 것을 맹세하고

내일은 내일이고 지금 중요한 것은 "오늘"이라네

오늘만 열심히 살자

- 계묘년榮卯年 貳萬先生 쓰다

나 돌아가리라

60년 전 하늘은 나를 내었거늘

여태껏 밧줄로 나를 붙들어 놓고

제 입의 구종 노릇에 바람 잘 날 없었구나

이제 직장생활 청산하고 산천이 잡목으로 우거져 있고

이제는 나도 환갑이 넘은 나이라

세월이 너무 빨리 지나간다오

험한 세상에 태어나서 여기까지 오기에는 헤아릴 수 없을 만큼

우여곡절이 많았네

그렇다고 어찌 지나간 일을 넋 놓고

슬퍼만 하고 있으랴

이미 지나간 일 후회해본들

이내 인생 가슴만 더 아파 오는구나

그래서 모든 걸 잊으려고 부단히 노력한다오

이 나이에 또래 놈들 잘되어 본들 학교 선생 노릇하고

공무원 생활 정년하고 나니

이제야 지나 내나 맨땅에 헤딩이라네…

잘난 놈 못난 놈 잘사는 놈 못사는 놈 별 구분 없고

각종 모임 가면 늘 참석하는 친구들이 제일 멋있네

나이가 나이인지라 단체 카톡에

자기 자랑 바리바리 늘어나쌌고

실제 모임엔 얼굴 보기가 나랏님 보기보다 힘들다오

허무한 세상!

인생무상人生無常이라더니 선산에 재목은 다 궁궐 짓는데

징발되어 벌목되어 올라가고

구부려진 잡목만 남아 선산을 지켜거늘

세상 욕은 다 들어먹는다오

이게 우리 사는 세상 몹쓸 이치라

세상이 바뀌어도 변함이 없다네

잘난 놈 잘난 대로 살아가고

못난 놈은 못난 대로 살아가면 될걸

우린 이렇게 도토리 키 재듯 맞춰본다네

세상에 태어나서 한번 가는 인생길

남녀노소 고관대작 재벌도 한번 태어나서 꼭 한번 가는

인생인데 후회 없는 인생을 살다 가자

맹세하고 읊조리건만 지나면 모두가 넋두리에 불과하지

나 돌아가리라

돌아가고파서 돌아가려는데 무슨 미련이 있으리

이제는 정말 옹알이가 아닌

개 짖는 소리가 아닌 진실로 돌아가고파라

60 이후 나이는 일촌광음이라

눈 깜빡할 사이에 푸른 실 같던 윤기 나던 머리털이

어느새 눈처럼 하얗게 세었고

몸뚱아리도 녹이 쓴 채 아무짝에도 쓸데없이 되었구나

이보시게 자네들도 나이 좀 잡수어보게

이 말이 거짓이 아니라는 걸 한방에 알 것이네

여태껏 살아오면서 능력도 없던 놈이 좋은 반려자 만나서

많은 것을 이루었다네

남이 알아주던 안 알아주던 나와 상관없는 일이고

남이 내 인생을 대신해 살아줄 것도 아니지 않는가

내 자신이 잘하든 못하든 내가 책임질 일이라네

나 돌아가련다

가서 한 손에 호미 들고 정겨운 돌담 쌓아서

꿈에서 그리던 유배 생활을 하고파라

봄이면 밭에 나가 남새밭 일구고

여름이면 꽃 피고 새 울면 같이 노래하고

가을이면 풍성한 열매 수확하여 거두어들이고

겨울이면 눈이 많이 내려서 두문불출하면서

벽난로 하나 마련해서 고구마 구워 먹고 바보처럼 살고파라

가서 좋아하는 산 오르락거리면서

언제나 말 없는 친구 같은 산!

한라산에 눈이 내리면 하얀 도포 차림에 곤룡포 자수 새겨서

걸쳐 입고 한라산에 올라 보리라

정상에 올라 산신령과 친구 삼고 곡차 한잔 기울이고

신선처럼 살고파라

나 돌아가리라

얼마 남지 않은 인생살이

후회 없는 인생을 살다 가리라

- 2023년 계묘년癸卯年 정월에